Kalte Köche

"The best way out is always through."
(Der beste Ausweg ist meist der Durchbruch.)

Robert Lee Frost

Inhalt:

PERSONENVERZEICHNIS

Alex(ander) Geyer: *Inhaber der Wiesbadener Detektei Adler, Hobbykoch und Familienmensch*

Yücel Alkan: *Alex' Schulfreund und gelegentlicher Mitarbeiter, steht seit mehreren Jahren „kurz vorm Examen" seines Zahnmedizin-Studiums*

Kathrin Beck: *spanienaffine Kochkursleiterin mit natürlicher Küchen-Autorität*

Kai Müller, Mehmet Färber und Zoran Altig alias „Kaffee, Milch und Zucker": *ein exzentrisches Musiker-Trio, dem nichts und niemand die gute Laune zu verderben scheint*

Flora und Karl-Theodor Markmann: *in der Ehe des Ex-Models mit Show-Ambitionen und des Immobilienmaklers mit Vorliebe für Traumschiff-Styling kriselt es heftig*

Luise und Heinrich Elster: *ein Ehepaar in den besten Jahren, enthusiastische Spielshow-Entwickler und einander sehr zugetan*

Oli(ver) Schaper alias Chili-Oli: *ein bodenständiger Naturbursche, dessen Leidenschaft zwischen dem Nachtschattengewächs und rheinhessischem Wein aufgeteilt ist*

Nancy Hochstädter: *amtierende Rotweinkönigin einer rheinhessischen Weinstadt, trinkfeste und sehr engagierte Undercover-Botschafterin des väterlichen Weinguts*

Carla Friedmann: *attraktive Journalistin in den 60ern, scharfsinnig und nicht so leicht aus der Ruhe zu bringen*

Klaus Weber: *Mitarbeiter eines privaten Sicherheitsdienstes, der extra für das Cooking Event abgestellt wurde*

Hajo Tewang: *aus dem Fernsehen bekannter Starkoch, der sich nicht allzu viele Freunde gemacht hat*

Und als Gäste der Mainzer Kriminaloberkommissar Bernd Hellmann und die Lokalreporterin Greta Hansen: *das Ermittlerteam wider Willen aus „Weinkönigin und Rheinhessen-Cop"* *(Leinpfad Verlag, 2011)*

Prolog

Verdammt, ist das finster hier … Ob das ein Lichtschalter ist? Quadratisch, in etwa so groß wie meine Handfläche und aus brüchigem Plastik … Es spricht einiges dafür. Aber was, wenn nicht? Soll ich draufdrücken und einen elektrischen Schlag riskieren? Oder einen Kurzschluss, der uns hier, tief unter der Erde, endgültig die Stromversorgung kappt?

Adler oder Suppenhuhn – es gibt Momente im Leben, da muss man sich entscheiden.

„Adler!", spreche ich mir selbst Mut zu und drücke drauf. Das Licht flackert kurz auf. Dann erlischt es gleich wieder. Ich spüre, wie mir die Kälte bereits in die aufgekrempelten Ärmel meines Hemdes zu kriechen beginnt.

„Adler habe ich gesagt, verdammt noch mal!", knurre ich und versuche es erneut. Diesmal bleibt das Licht an. „Na bitte, geht doch …"

Ich warte, bis meine Augen sich an das Licht gewöhnt haben, dann sehe ich mich um.

Mein Blick wandert nach oben und trifft dort den eines anderen Augenpaares. Eines starren, menschlichen Augenpaares, das durch mich hindurchzusehen scheint.

1

Vier Stunden vorher. Ungeduldig mit den Fingern auf das Lenkrad trommelnd, saß ich in meinem Wagen vor Yücels Haus. Im Radio lief der neue Hit von Lady Gaga, während ich den Sitz meiner Fliege im Rückspiegel überprüfte. Mein sonst recht wilder Vollbart war einer intensiven Nassrasur zum Opfer gefallen. An Hals und Kinn klebten etliche geronnene Blutströpfchen. Kurzum: Ich sah echt bescheuert aus.

Wer war bloß auf die schwachsinnige Idee gekommen, Abendgarderobe für ein Kochevent vorzuschreiben? Jedenfalls hatte ich die geheimnisvolle Einladung, die albernerweise in Reimform geschrieben war, so verstanden: *Die Damen möchten in Lang wir gern sehn / die Herren sollten als Gentlemen sich verstehn.* Jemand hatte die mit silberner Schnörkelschrift beschriebene nachtblaue Klappkarte in meinen Briefkasten geworfen. Ich konnte nicht auf Anhieb sagen, ob sie tatsächlich von Hand geschrieben oder lediglich in einer Schriftart, die Vertrauen einflößen sollte, bedruckt war. Aber es war mir, ehrlich gesagt, im Augenblick ziemlich egal.

Auch wenn der Dresscode nicht wirklich nach meinem Geschmack war – diesen Abend wollte ich mir auf keinen Fall entgehen lassen. Ein Möbelhaus etwas außerhalb von Mainz wollte den Abschluss der Umbauarbeiten in seinem Küchen-Mega-Studio mit ein paar handverlesenen Gästen im Rahmen eines Cooking-Events feiern. Der Text auf dem Deckblatt war verheißungsvoll: *Die Kochkunst, die ist kreativ, / das Publikum hochexklusiv. / Steigt der Chefkoch in sein Handwerk ein, / werden ein Dutzend Gäste Zeuge sein. / Gemeinsam das Menü gestalten, / bleibt nur den Zwölfen vorbehalten.*

Wenn ich außer meinem Job eine Leidenschaft pflege, dann das Kochen. Mir war zwar noch immer nicht klar, wie ich zu der Ehre dieser Einladung kam, aber das war mir auch egal. Vielleicht war es eine Aufmerksamkeit eine meiner Kunden, der wusste, wie gerne ich den Kochlöffel schwang. Es kam nicht gerade selten vor, dass ich zusätzlich zu meinen Detektivhonoraren mit kleinen Geschenken belohnt wurde. Letztes Jahr hatte ich nicht nur Karten für den Nürburgring, ich hatte auch einen Platz in der VIP-Lounge der 05er geschenkt bekommen.

Wenn mir das jemand vor zwanzig Jahren erzählt hätte … Da hatte ich nach auf halbem Wege abgebrochenem Abi im zarten Alter von neunzehn ein Praktikum bei der Mainzer Detektei Busch begonnen. Drei Monate später, nach unzähligen Demütigungen durch einen cholerischen Chef, waren mir zwei Dinge glasklar: Erstens wusste ich, dass ich es in dieser Scheißfirma keinen Tag länger aushalten würde. Und zweitens war ich mir sicher, dass Detektiv der Beruf meines Lebens war. Da stand ich nun, Deutschlands jüngster Privatdetektiv, jung, dynamisch und arbeitslos. Meine Freundin hatte mir den Laufpass gegeben und auch ansonsten hatte ich nicht den blassesten Schimmer, was ich mit meinem Leben anfangen sollte. Die Chance, einen festen Job in einer Detektei zu finden, insbesondere mit meinem grandiosen Zeugnis, war gering. Dass mir dieses Kunststück dennoch gelang, grenzte an ein Wunder. Doch tatsächlich, nur eine Woche nach meinem Ausscheiden war ich neuer Mitarbeiter des Mainzers Detecteams – und nicht mal drei Jahre später stolzer Inhaber der Detektei Adler. Die notwendige Selbstsicherheit für diesen Schritt hatte mir mein Abschluss der ZAD -Prüfung [1] als Jahrgangsbester gegeben. Die Zentra-

[1] *ZAD (Zentrale Ausbildungsstelle im Detektivgewerbe), 1987 in Geldern von der Stiftung „Gesellschaft und Recht" gegründet, seit 2010 in Berlin. Die berufsbegleitenden Fachfortbildungen zum „Geprüften Detektiv IHK" sind von der Staatlichen Zentralstelle für Fernunterricht (ZFU) geprüft und zugelassen.*

le Ausbildungsstelle im Detektivgewerbe war für mich nach wie vor die einzige ernst zu nehmende Schulungseinrichtung für angehende Detektive in Deutschland. Nur hier konnte man meiner Meinung nach das nötige Rüstzeug für einen erfolgreichen Start in die Branche bekommen. Ich war der beste Beweis dafür.

Während meiner fünfzehnjährigen Selbstständigkeit war es mir gelungen, nicht nur die Crème de la Crème der Auftraggeber der Region an mich zu binden. Ich hatte mich in verschiedenen sozialen Projekten engagiert und war inzwischen sogar mehrfach ausgezeichnet worden. Meine armen Eltern, denen ich während meiner Schulzeit so viele schlaflose Nächte bereitet hatte, hatten nun ausreichend Grund, stolz auf ihren Filius zu sein. Außerdem war ich mittlerweile ihr Arbeitgeber. Gemeinsam mit meiner Frau Susanne bildeten sie den harten Kern der Detektei Adler, gelegentlich unterstützt durch zwei meiner ehemaligen Klassenkameraden.

Einer dieser beiden freien Mitarbeiter ließ gerade mal wieder ewig auf sich warten. Mein kritischer Blick auf die Borduhr bestätigte, dass Yücel bereits vierzehn Minuten überfällig war. „Wird er es jemals schaffen, pünktlich zu sein?", fragte ich mich, während ich weiter Lady Gaga mit den Fingern auf dem Lenkrad begleitete.

„Ihr Deutschen habt wirklich nicht für fünf Cent Rhythmusgefühl", hörte ich plötzlich Yücels Stimme durch das offene Fenster. In der nächsten Sekunde ließ er sich auf den Beifahrersitz fallen. „Fahren wir endlich los?"

„Wir wären schon fast da, wenn du nicht wieder deine orientalische Viertelstunde ausgereizt hättest", entgegnete ich säuerlich. „Wir waren für neunzehn Uhr verabredet, schon vergessen? Du bist jetzt schließlich auch Deutscher, da kannst du gefälligst pünktlich sein." Wenn ich die Zeit addierte, die ich in den letzten fünfzehn Jahren damit verbracht hatte, auf ihn zu warten, kam schon ein netter Urlaub zusammen.

„Ich hab dich auch lieb", entgegnete er grinsend. „Soll ich dir mal meinen schönen neuen Perso zeigen?"

Er hielt seinen scheckkartengroßen Ausweis hoch. Yücel war erst mit neun Jahren nach Deutschland gekommen, aber niemand, der ihm begegnete, wäre auf die Idee gekommen, dass er einen waschechten Türken vor sich hatte. Er sprach nicht nur absolut akzentfrei, er hatte strahlend blaue Augen und das, was von seinen Haaren noch übrig war, wurde auf Haarfärbemittelverpackungen als „Kupferrot" bezeichnet. Auch ansonsten ließ sein Äußeres nur wenig über seinen Werdegang vermuten. Im Gegensatz zu mir hatte Yücel die Schule mit dem Abitur in der Tasche verlassen, seine Bestimmung jedoch nicht auf Anhieb gefunden. Erst hatte er Chemie studiert, gefolgt von ein paar Semestern Biomedizin, bis er schließlich die Zahnmedizin für sich entdeckt hatte. Der war er schon so lange treu geblieben, dass Aussicht darauf bestand, dass er hierin seinen Abschluss machen würde. Wann genau es so weit wäre, war allerdings noch unklar. Unsere Sprachregelung war schon seit über einem Jahr, dass Yücel „kurz vorm Examen" stand. Solange er trotzdem noch Zeit fand, um mit mir zu arbeiten, sollte mir das egal sein. Eigentlich. Allerdings merkte ich, dass es mich unterschwellig ein wenig fuchste, wenn jemand so überhaupt keine Ziele im Leben zu haben schien und sich einfach nur treiben ließ. Dass ich mich an so etwas störe, sagt wahrscheinlich mehr über mich als über meinen Freund aus. Der war mir schließlich keine Rechenschaft schuldig und vielleicht war es genau das, was mich so auf die Palme brachte.

„Wie siehst du eigentlich aus?", fragte ich, immer noch

reichlich angesäuert, während ich den Wagen anließ und losfuhr. „Hast du die Einladung nicht gelesen?"

„Habe ich", entgegnete Yücel mit einem Grinsen. „Ich sehe immer wie der perfekte Gentleman aus."

Über einer nicht mehr ganz neuen Jeans trug er ein hellblaues T-Shirt und ein Jackett, das seine besten Tage auch schon hinter sich hatte.

„Ich weiß gar nicht, warum du dich so rausgeputzt hast, das ist bestimmt nur so ne blöde Promo-Aktion, wo sie versuchen, einem gleich ne neue Einbauküche für zwanzigtausend Euro aufzuschwatzen."

Ich griff in die Innentasche meines schwarzen Smokings und drückte ihm die Karte in die Hand, ohne die Augen von der Straße zu nehmen.

„Lies!", forderte ich ihn auf.

„*Die Damen möchten in Lang wir gern sehn, / die Herren sollten als Gentlemen sich verstehn ...*", las Yücel amüsiert vor. „Und?"

„Das heißt ja wohl eindeutig Abendgarderobe und da kreuzt man nicht in Jeans auf, oder?"

Ungerührt wandte mein Freund sich wieder der Einladung zu.

„Hier, das finde ich besonders lustig: *Ganz gleich ob pur, ob Käs mit Edelschimmel, / es kocht für Sie am Sternenhimmel ... / Doch soll das Essen gut geraten, / wird noch der Name nicht verraten ...* Deshalb bist du wohl so nervös, oder?"

„Ich bin nicht nervös", erklärte ich. „Aber du hast recht, ich denke, dass wir heute mit Alfons Schuhbeck kochen werden", räumte ich ein.

Yücel, nicht wirklich überrascht, pfiff durch die Zähne. „Da wäre Susanne aber ziemlich sauer, dass du sie nicht mitgenommen hast", sagte er. „Warum eigentlich nicht? Ich verstehe vom Kochen so viel wie du von Takt und Rhythmus."

„Weil wir keinen Babysitter für heute Abend haben und sie auf die Kinder aufpassen muss. Ich hätte ihr natürlich den Vortritt gelassen, aber die Einladung ist an mich persönlich gerichtet."

Bevor Yücel etwas sagen konnte, hob ich schnell die Stimme an und fuhr fort: „Na ja, da habe ich eben meinen liebsten, langjährigen, unpünktlichen und schlechtestangezogenen Freund und Kollegen gebeten, dem übrigens ein paar Basics in Sachen Kochkunst ganz guttun werden."

„Soso, meinst du?"

„Du hast wirklich Glück, dass ich für dich eine Frau gefunden habe, die kochen kann, sonst würdest du dich heute noch ausschließlich von Pizza und Döner ernähren."

Als ich Gritta damals mit zu Yücels Geburtstagsfeier genommen hatte, hatte ich eigentlich vorgehabt, die Party gemeinsam mit ihr wieder zu verlassen. Doch plötzlich war sie verschwunden und statt der erhofften gemeinsamen Nacht war alles, was für mich dabei herausgesprungen war, eine Einladung zu ihrer Verlobungsfeier zwei Wochen später. Zum Glück lernte ich Susanne kennen, sodass mir die Peinlichkeit erspart blieb, allein hingehen und mich als uneigennütziger Ehestifter preisen lassen zu müssen. Weder mein Freund noch seine Angetraute hatten jemals durchblicken lassen, dass sie von meinem zeitweiligen Interesse an Gritta wussten. Vielleicht waren sie damals ja tatsächlich völlig ahnungslos gewesen?

„Gritta wird mir wahrscheinlich dankbar dafür sein, wenn ich dafür sorge, dass ihr holder Gatte heute ein wenig Nachhilfe bekommt", legte ich nach.

„Schaun mer mal", gab Yücel in perfekter Beckenbauer-Parodie zurück. „Ich glaub nicht recht, dass die sich so nen Starkoch leisten, ich denke ja eher, es wird der Kantinenleiter des Möbelhauses sein, der durch einen bunten Abend voller Dosenöffnen führt."

„Lassen wir uns einfach überraschen", entgegnete ich. „Beim Zubereiten von Fertigfraß bist du ja dann wenigstens schon Profi … Schalte doch mal bitte das Navi ein, in Selzen verfahre ich mich immer."

Yücel las die Adresse von der Einladungskarte ab und gab sie ins Tomtom ein. Er schien es heute darauf anzulegen, mich zu ärgern und fragte: „Sollte nicht jeder Adlerdetektiv immer seinen Weg auch ohne technischen Schnickschnack finden?"

Ich nahm die Herausforderung an: „Natürlich sollte er das", entgegnete ich betont beiläufig. „Ich hatte damit auch nie ein Problem, aber ich erinnere mich da an einen Profischnüffler, wegen dem eine groß angelegte Observation nicht zustande kam, da er das Dorf nicht finden konnte …"

Aus den Augenwinkeln sah ich, dass Yücel leicht zusammenzuckte. Auch wenn diese Katastrophe schon über zehn Jahre zurücklag, war sie ihm noch immer unglaublich peinlich. Angestrengt studierte er den Text der Einladungskarte. Tatsächlich bin ich der Meinung, dass man sich nie zu sehr auf die Technik verlassen sollte. Ich bin zu einer Zeit in den Beruf gestartet, als wir noch Telefonbücher gewälzt haben und oft tagelang in irgendwelchen Archiven sitzen mussten. Im Detecteam gab es sogar noch eine Schreibmaschine, die allerdings schon bald von einem 286er PC abgelöst worden war. Für mich muss der Detektiv ein Allrounder sein, der sich in jeder Situation zurechtfinden kann. Dazu gehört auch Orientierungssinn. Aber natürlich ging nicht immer alles glatt – auch bei mir nicht.

Wir fuhren schon seit einer gefühlten Ewigkeit auf einer Straße, die eher die Bezeichnung Feldweg verdient hatte, durch eine von der Zivilisation offenbar abgehängte Ödnis. Je mehr Kilometer der hügeligen Mondlandschaft an uns vorbeizogen, desto unsicherer wurde ich, ob wir uns tatsächlich auf dem richtigen Weg befanden. Vielleicht sollten wir sicherheitshalber bei mir zu Hause anrufen und uns von Susanne noch mal den Weg weisen lassen. Aber ob wir hier draußen überhaupt Handy-Empfang hatten? Ich beschloss, besser erst mal abzuwarten, bevor ich alle in Aufruhr versetzte. Nach allem, was ich über die rheinhessische Baumlosigkeit wusste, durchfuhren wir gerade eine absolut typische Gegend, die nur auf ausgemachte Stadtmenschen wie mich etwas befremdlich wirkte.

„Schmoll nicht, lies mir bitte noch mal den restlichen Text vor", bat ich Yücel mit versöhnlicher Stimme.

Er räusperte sich kurz, dann klappte er die Karte auf und legte los: *„Wie hat sich doch das Blatt gewendet, der Ruhm der Städte ist beendet. Will man gepflegte Küche sehen, so muss man auf die Wiese gehen. Drum laden wir Sie herzlich ein, unser werter Gast zu sein ..."*

Noch während er vorlas, tauchte tatsächlich ein Hinweisschild auf und wenige Minuten später rollte mein BMW langsam über den gewaltigen Parkplatz. Der Schotter, der unter unseren Rädern knirschte, war ein deutliches Indiz für nicht allzu lange zurückliegende Baumaßnahmen, ebenso die zwei am Rand stehenden Baufahrzeuge, die wohl ein Überbleibsel jüngster Teerarbeiten waren. Wie ein skurriles Denkmal ragte der würfelförmige Umriss des neu errichteten Möbelhauses aus dem Zentrum der planierten Betonwüste. Ich fragte mich, warum gerade Einrichtungshäuser oft so unästhetisch wirkten. Diese Klötze ließen fast nie auch nur den Ansatz eines architektonischen Konzeptes erkennen. Das Gefühl, das in uns aufstieg, war fast ein bisschen gespenstisch: Platz für gut eintausend Autos und lediglich ein halbes Dutzend Fahrzeuge, die seitlich des modernen Monolithen standen. Wie einsame Flöhe auf einer riesigen Glatze, ging es mir durch den Kopf.

„Aaaah, ich krieg Augenkrebs", schrie Yücel, als wir in eine Parklücke zwischen einer der üblichen dezenten Gehobene-Mittelklasse-Limousinen und einem alten VW-Bus stießen, der direkt von Woodstock hierher gefahren zu sein schien. Es gab wahrscheinlich keine Farbnuance, die bei dem psychedelischen Muster, mit dem die alte Mühle verziert war, ausgelassen worden wäre. Auf der Fahrerseite prangte in neongrünen Lettern der Schriftzug *„Kaffee, Milch und Zucker"*, bei dessen Anblick mir zwar eine Menge in den Sinn kam, darunter jedoch nicht der Gedanke an ein leckeres, aromatisches Heißgetränk.

„Ob das eine gute Idee war, hierher zu kommen?", überlegte ich laut.

„Na klar", sagte Yücel betont munter. „Deine Gastgeber haben schließlich weder Kosten noch Mühen gescheut, um alles so herzurichten, dass jemand wie du sich hier so richtig wohlfühlt. Siehst du?"

Mein Freund deutete auf den hell erleuchteten Eingang des riesigen Würfels. Über der breiten Schiebetür prangte ein großformatiges Pappschild mit der Aufschrift „Wilkommen".

„Schreibt man das nicht mit Doppel-L?", fragte er.

„Sonst noch irgendwas, was dir nicht passt oder was du jetzt unbedingt noch loswerden möchtest?", gab ich gereizt zurück und riss ihm die Einladungskarte aus der Hand.

„Ich sag ja nur …"

Ich steckte die Karte ein, setzte ein demonstratives Lächeln auf und kontrollierte im Rückspiegel noch einmal den Sitz meiner Fliege. Dann zog ich den Zündschlüssel ab. Aus den Augenwinkeln sah ich, dass Yücel sein Handy zückte. Richtig, heute war ja „Champions League"-Finale. Dass mein Freund den Freitagabend nicht zu Hause vorm Fernseher verbrachte, sondern mit mir irgendwo in Schnipsel-Schnapselheim, musste für ihn ein weitaus größeres Opfer bedeuten, als ich bisher angenommen hatte. Besonders, weil er im Augenblick offenbar tatsächlich keine Verbindung zustande bekam und sich so nicht einmal per Handy auf dem Laufenden halten konnte.

„Wollen wir?", fragte ich.

„Eigentlich nicht", entgegnete Yücel und verzog das Gesicht ebenfalls zu einem, wenn auch etwas schiefen, Lächeln. „Aber was hilfts?"

Gleichzeitig stiegen wir aus dem Wagen und gingen den Ereignissen des Abends entgegen.

2

*Viel Zeit war ihr nicht geblieben, die Einladung zu fälschen. Mögli-
cherweise würde es Schwierigkeiten beim Einlass geben. Doch sie musste
ihn wiedersehen, ihn besser kennenlernen – ihn überhaupt kennenlernen, korrigierte sie sich in Gedanken. Was war geeigneter als eine Veranstaltung wie diese? Man konnte zwanglos ins Gespräch kommen.*

*Sie konnte sich nicht mehr genau erinnern, ob sie im Wartezimmer
oder beim Friseur auf die Reportage über ihn gestoßen war. Er lächelte direkt in die Kamera. Im Text stand, dass er glaubte, in unserer
schnelllebigen Zeit würde sich ohnehin niemand an ihn erinnern, der ihn
nur mal in der Zeitung gesehen hatte. Vermutlich hatte er recht. Dass
sein Foto sie so in seinen Bann gezogen hatte, musste bedeuten, dass
sie ihm schon einmal begegnet war. Und zu der Überzeugung gelangt,
dass er ihr helfen würde. Der Schmerz in seinen Augen war typisch
für Menschen, die einen geraden Weg vorgezogen hätten, jedoch immer
wieder zum Abbiegen gezwungen worden waren. Er war darüber nicht
verbittert oder zum Freak geworden. Keine leichte Sache, wie sie durch
ihren eigenen täglichen Kampf um Normalität wusste. Er war ein
Beweis dafür, dass es möglich war, Mensch zu bleiben, egal, was einem
widerfahren war. Oder was man getan hatte.*

*„Dream big." So hatte der Text auf der grässlich bunten Karte
begonnen, die ein Kollege – wahrscheinlich von der Mitarbeitervertre-
tung, sie hatte es nicht mehr geschafft, rechtzeitig aufzusehen – ihr
zum Abschied hastig im Vorbeigehen in die Hand gedrückt hatte. Das
plötzliche Ende ihrer Karriere als Lehrerdarstellerin in den Fächern
Englisch und Philosophie war nicht nur für sie überraschend gekommen. Die Zeit des Fachkräftemangels war vorbei; nun waren wieder die
echten, ausgebildeten Kollegen mit dem Zweiten Staatsexamen und der
harten Schule des Referendariats am Zuge.*

*„Dream big." Hatte sie das jemals getan? Möglicherweise waren ihre
Ziele, so vage sie auch sein mochten, ihr einst tatsächlich groß vorgekom-
men. „Always say please and thank you." Hatte sie. Stets. Always.*

Nur ihren Schützlingen war das nicht beizubiegen gewesen. Wie oft hatte sie ihnen einen deutlichen Hinweis gegeben: „Also, wenn euch jemand entgegenkommt, dann geht bitte bloß nicht hintereinander, sondern haltet so, wie ihr seid, in voller Gruppenstärke auf die Leute zu … Ach, auf die Idee seid ihr selber schon gekommen?"

Das letzte Mal hatte sie den Spruch auf Klassenfahrt gebracht, als sie sich zu zwölft in einen Aufzug quetschten. Um ein Haar hätten sie ihren Programmpunkt „Hamburger Michel" streichen müssen. Es hatte bestimmt gut drei Minuten gedauert, bis sich unter ihren Schülern herumgesprochen hatte, dass es nicht genügte, die Rentner, die gerade wieder vom Turm heruntergekommen waren, aus dem Fahrstuhl aussteigen zu lassen. Nein, man musste ihnen tatsächlich auch den Weg frei machen, sodass sie an den Neuntklässlern vorbei nach draußen gehen konnten. Sobald ihnen das klar war, hatte Ronny das Kommando übernommen und seine Klassenkameraden sanft darauf aufmerksam gemacht: „Ey, ihr Spackos, schiebt ma die Kadaver auf die Seite, sonst können die Gruftis hier nich raus!"

Tatsächlich waren die anderen seiner Aufforderung stante pede gefolgt und sie hatte keinen Grund gesehen, ihren wortgewaltigen Schüler zurechtzuweisen. Dass man an der Ausdrucksweise noch etwas feilen konnte, würde sie ihn bei anderer Gelegenheit wissen lassen.

„Choose to be happy." Das war die Binsenweisheit, in der ihre Grußkarte gipfelte. Sie hatte ihre Zweifel, ob sie fürs Glücklichsein geschaffen war. Dafür hätte sie vermutlich einen anderen Beruf wählen müssen. Immer wieder warfen die Probleme, mit denen ihre Schüler zu kämpfen hatten und die, die deren Eltern ihr machten, sie aus der Bahn.

Die Schulleitung war ihr da um einiges salbungsvoller entgegengetreten. „Mein Gott, gib mir die Gelassenheit, Dinge hinzunehmen, die ich nicht ändern kann, gib mir den Mut, Dinge zu ändern, die ich ändern kann, und gib mir die Weisheit, das eine von dem andern zu unterscheiden." Das hatte auf der Karte gestanden, mit der die von der Kommandobrücke sie bedacht hatten. Zusammen mit einem Päckchen „Merci"-Schokolade hatte sie in ihrem Fach gelegen. Der Spruch klang wie von einer „All you can preach"-Seite. Oder wie einer der Beiträge, die sie gelegentlich selbst für „WordDiscounter" schrieb, eine Internet-Plattform für Texte, die mit einem Cent pro Wort vergütet wurden. Sie hatte sich dort in einer schlaflosen Nacht registriert und schrieb nun manchmal bis zur Erschöpfung im Akkord Gebrauchsanweisungen für nutzlose Produkte, Ratgebertexte und sogar Fünfzeiler in Reimform zu besonderen Anlässen. Das war besser als jede Therapie. Die prompten Rückmeldungen und die sofortige Anpassung des Kontostandes spornten sie zu Höchstleistungen an. Fieberhaft suchte sie nach immer neuen, immer treffenderen, immer ausgereifteren Formulierungen für die banalsten Zusammenhänge und wurde süchtig nach Meldungen mit der Betreffzeile „Text angenommen". Dies war eine Arbeit, mit der sie sich betäuben konnte. Für die meisten Auftraggeber empfand sie Verachtung, doch sie gab stets ihr Bestes und berauschte sich an ihrer Wut über den ersten, der es wagte, sie um eine Änderung zu bitten, bevor sie seinem Wunsch nachkam.

Der fromme Spruch auf der Karte war eine Aufforderung, sich von Zeit zu Zeit seine eigenen Grenzen vor Augen zu führen, und schon würde alles gut. Doch sie wusste es besser, denn für sie galten andere Regeln. Drei Menschen hatte sie bereits den Tod gebracht, ohne irgendeine Konsequenz. So zerrissen sie auch innerlich sein mochte – nach außen hin war sie, so schien es, unverletzlich. Sie hatte das Rotstiftmilieu hinter sich gelassen und ganz gleich, welche Bühne sie betrat und welche Tarnung sie sich dafür zulegte – es funktionierte. Noch hatte sie nicht herausgefunden, was sie dazu antrieb, es immer wieder zu tun. Es musste einen gemeinsamen Nenner geben, ganz tief im Untergrund, an der Wurzel ihrer Wut. Es war an der Zeit, eine neue Sicht auf die Dinge zu finden. Mit der alten kam sie kein Stück weiter.

Ob er auch ein dunkles Geheimnis hatte, das sich hinter seinem melancholischen Blick verbarg? Je länger sie darüber nachdachte, desto näher lag diese Vermutung. Sie brannte darauf, sich jemandem mitzuteilen. Sich IHM mitzuteilen.

3

Der schwarz gelockte Mann in Security-Uniform, der uns
am Eingang in Empfang nahm, war ungefähr fünfundzwan-
zig Jahre alt. Das Schild an seiner Brust gab ihn als Klaus
Weber zu erkennen. Nachdem er meine Einladung entge-
gengenommen und kurz überflogen hatte, sagte er in einem
für meinen Geschmack etwas zu förmlichem Ton: „Guten
Abend und herzlich willkommen. Mein Name ist Klaus.
Wenn die Herrschaften mir bitte folgen wollen …"

Klaus schritt voran ins Innere des mit Designermöbeln
dekorierten Einrichtungshauses. Alles wirkte klinisch-kalt
und ungemütlich. Ich schätzte die Ausstellungsfläche allein
auf dieser Etage auf weit über fünftausend Quadratmeter.
Wir gingen an einer klobigen Ledercouch – ein Albtraum
in Anthrazit – vorbei, die laut Preisschild siebzehntausend-
neunhundert Euro kosten sollte.

„Frag doch mal, ob dein Schuhbeck kommt", flüsterte
Yücel mir zu.

Ich schüttelte den Kopf. „Das werden wir doch gleich erfahren."

Aber Yücel gab sich damit nicht zufrieden. „Entschuldi-
gen Sie bitte, Herr … äh … Weber …"

„Klaus. Bitte nennen Sie mich Klaus."

„Ah ja, Klaus … Können Sie uns vielleicht gnädigerweise
sagen, mit welchem grandiosen Meister der Kochkunst wir
heute zu kochen die Ehre haben werden?"

Ich verdrehte die Augen.

„Wissen Sie", setzte Yücel nach, „mein Freund hier stirbt
fast vor Neugierde."

Schnell setzte ich ein Lächeln auf, das ausdrücken sollte:
Nun ja, ich bin halt ein wenig schüchtern … Und wenn ich
meinen Freund hier nicht hätte …

Falls der Wachmann sich veräppelt fühlte, ließ er sich das jedenfalls nicht anmerken.

„Es tut mir leid, dass ich Ihnen hierzu keine Auskunft geben kann, aber ich bin in keiner Form über die Modalitäten des heutigen Abends informiert worden", entgegnete er in unverändert höflichem Tonfall. „Ich wurde lediglich von der Sicherheitsfirma, für die ich tätig bin, hierhergeschickt, um den Einlass zu regeln. Die anderen Gäste sind vor gut einer Viertelstunde eingetroffen."

Ich warf Yücel einen strengen Blick zu, den er mit einem breiten Grinsen quittierte.

„Sobald ich Sie ebenfalls ins Kochstudio geleitet habe, ist mein Dienst beendet", schloss Klaus-nennen-Sie-mich-nicht-Weber.

„Sie hams gut …", entfuhr es Yücel.

Als er den erstaunten Blick des Wachmanns auffing, fügte er schnell hinzu: „Ich meine, ich wünsche Ihnen selbstverständlich einen schönen Feierabend."

Klaus bedankte sich mit einem knappen Nicken. Wir hatten inzwischen die gesamte Etage durchquert und drei auf Hochglanz polierte silberne Fahrstuhltüren erreicht. Der Wachmann drückte den Knopf mit dem Pfeil nach unten. Die mittlere Tür öffnete sich mit einem deutlich vernehmbaren Gong und wir betraten den Lift. Klaus tippte einmal kurz auf die unterste Taste, auf der „5" stand. Mit einem kaum merklichen Ruck setzte sich der Fahrstuhl in Bewegung.

„Oh, wir waren nicht lieb", begann Yücel. „Wir müssen in den Keller."

Das war ja nicht zum Aushalten. Mein Freund schien sich fest vorgenommen zu haben, heute den Clown zu geben. Ich räusperte mich, dann legte ich los: „Werter Herr Özcan, wenn Sie in der kommenden Woche nicht täglich zwölf Stunden in einem Observationsbus verbringen wollen, der in der prallen Sonne steht, dann wäre es klug, Ihren Brötchengeber nicht weiter zu nerven."

„Na schön", sagte Yücel und zog die Schultern hoch. „Verzichte ich halt darauf, deinen Meisterkoch zu fragen, ob er lieber bei McDonald's oder Burger King isst." Den Blick fest auf den Rücken des Wachmanns gerichtet, fügte er lauter hinzu: „Wenn ers mir nicht sagen will, muss ich das sonst vielleicht vom Observationsbus aus in Erfahrung bringen."

Schnell warf ich Klaus einen Blick zu. Der tat so, als hätte er nichts von unserer Unterhaltung mitbekommen. Ein Securitymann, der nicht auf das Wort „Observation" reagierte? Eigentlich seltsam. Schon aus beruflichen Gründen hätte er Interesse zeigen müssen. Entweder wusste er sich gut zu verstellen oder er war wirklich so naturbelassen-unbeteiligt, wie er sich gab. Vollprofi oder Vollhorst, das war hier die Frage. Apropos Vollhorst … Denn es war auch reichlich blöd von mir gewesen, unser Gefährt für Langzeitüberwachungen überhaupt zu erwähnen. Normalerweise gab ich mich nie ohne Not als Detektiv zu erkennen und auch Yücel hatte ich eingeschärft, diese Information lieber für sich zu behalten, weil das bei wildfremden Menschen zu überraschenden Reaktionen führen konnte. Bestenfalls hielten sie uns für verkrachte Existenzen und versuchten uns zu trösten, indem sie uns offenbarten, was in ihrem Leben schon so alles schiefgelaufen war. Schlimmstenfalls standen wir für sie auf einer Stufe mit gefährlichen Kriminellen und sie ließen uns keine Sekunde mehr aus den Augen.

Yücels Ellenbogen, den ich plötzlich in meinen Rippen spürte, holte mich aus meinen Gedanken.

„Weißt du zufällig, ob wir bis zum Mittelpunkt der Erde

25

weiterreisen wollen?", raunte er mir zu. „Wir sind jetzt bestimmt schon fast eine Minute unterwegs."

Stimmt, dachte ich, die Fahrt dauerte ungewöhnlich lange. Die Geschwindigkeit schien zudem über der normalen von fünfzig bis sechzig Metern pro Minute zu liegen, sodass wir uns jetzt schon fast hundert Meter unter der Erde befinden mussten. Ich zählte still die verbleibenden Sekunden, bis der Fahrstuhl mit einem Ruck stoppte – es waren zehn – und die Tür sich mit einem neuerlichen Gong öffnete.

„Cool!", entfuhr es Yücel, als er in den langen Gang, der in schummerig-blaues Licht getaucht war, hineinblickte. „Die Farbe hat so etwas Beruhigendes, findest du nicht auch? Vielleicht sollte ich das mal in der Zahnklinik vorschlagen."

Ich fragte mich, ob mein Freund sich diese Wirkung für seine Patienten erhoffte oder für sich und seine Mitstudenten, wenn sie an ihnen herumdokterten. Wer sich in der Zahnklinik verarzten ließ, bekam zwar blitzsaubere Leistung, denn jeder Behandlungsschritt wurde doppelt und dreifach überprüft, brauchte jedoch viel Geduld. Und eine gewisse Unempfindlichkeit gegen den Anblick von Angstschweiß auf der Stirn desjenigen, der sich da gerade über einen beugte.

„Beruhigend ist was anderes", knurrte ich. Zwar leide ich nicht unter Klaustrophobie, aber ich halte mich nicht so gerne unterirdisch auf.

Klaus schritt stumm voran und wir setzten uns automatisch in Bewegung, um ihm zu folgen. Der Gang gabelte sich nach etwa zwanzig Metern. Links ging es laut Schild und Pfeil an der Wand zur Vorratskammer weiter. Wir bogen rechts ab, wo sich nach zwei Metern hinter einer Milchglastür die „Showküche" befand, wie die funkelnden Lettern aus Pailletten uns verrieten. Im Geiste sah und hörte ich mich bereits Kochmütze an Kochmütze mit Alfons Schuhbeck vor laufender Kamera über Lieblingsrezepte plaudern und mich ein paar Anekdoten aus dem Leben eines Privatdetektivs erzählen, die ihn zum Schmunzeln brachten. Ich spürte, wie ich aufgeregt wurde. Klaus legte die Hand auf die Klinke. Gleich würden wir mitten in eine Kochshow der Extraklasse gelangen, ein Event, das seinesgleichen suchte …

„Narrhallamarsch!", stieß Yücel hervor und holte mich unsanft ins Hier und Jetzt zurück. „Heute schon einen stylishen Grießbrei performed oder mit einer Kraftbrühe aufgetreten? Nicht? Dann wird es aber Zeit für eine Kartoffelsuppen-Welttournee. Ergreifen Sie die Gelegenheit und melden Sie sich zum Casting an. Gesucht wird Germany's next Top-Tütenaufreißer … äh … ist irgendwas?"

Meinem Freund war offenbar aufgefallen, dass wir noch immer vor der Tür standen.

„Wären die Herrschaften dann jetzt bereit?", fragte Klaus hoheitsvoll.

„Natürlich", gab ich zurück und fasste Yücel am Arm. „Ich nehme den da jetzt an die Leine." Der tut nichts, der will nur spielen, hätte ich um ein Haar hinzugefügt, aber dann hätten wir wahrscheinlich noch länger auf den Zutritt zur albernheitenfreien Zone warten müssen.

Der Wachmann nickte kurz, dann drückte er die Klinke herunter und stieß die Tür auf.

Wow! Das war definitiv etwas ganz Anderes als die Kochzeile in der Kindertagesstätte meiner Knirpse, auf deren Anschaffung sich der Förderverein nach langem Hin und Her geeinigt hatte. In der Mitte des Raumes stand eine L-förmige Kombination aus einem Herd mit einer Art Theke davor und daran rechtwinklig anschließender Arbeits- und Stellfläche, vermutlich aus Marmor. Auf den Außenseiten befanden sich ein paar Barhocker. Die rückwärtige Wand war voll verspiegelt, davor stand ein halbkreisförmiger Esstisch, dessen Öffnung von der Spiegelfläche weg wies, so dass nicht der Eindruck eines geschlossenen Kreises entstand, sondern der einer Sanduhr.

„Sehr stylisch", war mein erster Gedanke – und mein zweiter, dass etwas mich ganz gravierend störte. „Ätzendes Licht", raunte Yücel mir zu. Das war es, genau. Das Orange, in das der Raum getaucht war, rief Erinnerungen an Klassenfahrten mit dem Bus und nächtliche Zwangsstopps an Autobahnraststätten wach.

Die Laternen dort hatte ich immer besonders abstoßend gefunden.

Ich blickte nach oben. Die Decke war rundum mit Scheinwerfern bestückt. Über Arbeitsfläche und Herd hing eine Kamera, die aber nicht in Betrieb zu sein schien. Meiner ersten vorsichtigen Schätzung nach befanden sich mindestens sechs Monitore im Raum verteilt; auf keinem davon bewegte sich jedoch etwas.

Ich hörte, wie jemand in die Hände klatschte. Zunächst nur ein Einzelner und zögerlich, dann, sobald andere mit einfielen, etwas entschiedener. Erst jetzt nahm ich die Sitzecke, die sich außerhalb des Lichtkegels rechts hinten im Raum befand, wahr. Dort zeichneten sich die Umrisse von nicht mehr als einem Dutzend Leuten ab. Gemessen an der Menge des Publikums konnte man also mit Fug und Recht behaupten, dass wir mit einem tosenden Applaus empfangen wurden. Klaus hob kurz die Hand und es wurde augenblicklich still.

Er trat zur Seite und gab den Blick auf uns frei, bevor er sagte: „Verehrte Herrschaften, ich freue mich, Ihnen mitteilen zu können, dass nun auch die letzten Gäste eingetroffen sind und wir in wenigen Minuten beginnen können."

Nun erklang Gelächter. „Hab ichs doch gesagt, dass das nicht der Koch ist." Die Sprecherin, eine dickliche Blondine, sah sich zufrieden in der Runde um. „Den hätte ich doch sonst schon mal wo gesehen."

„Nicht in dem Kostüm. Aber berühmt ist er bestimmt trotzdem. Vielleicht ein Opernsänger oder so", gab der Mann neben ihr zu bedenken.

Ihr Blick wurde nachdenklich. „Ja, stimmt, Opernsänger…Das würde passen. Da gibt es einige, die schwul sind. Was meinen Sie?", sagte sie nach rechts gewandt. Ihr Nachbar, ein Naturbursche mit Pfannkuchengesicht, zuckte bei dem schrillen Tonfall leicht zusammen und flüchtete sich in ein unbestimmtes Murmeln. Blondie wollte nachhaken, als Yücel sich lautstark einmischte.

„Hast du das gehört?", rief er scheinbar empört und packte mich am Arm. „Schwule soll's hier geben! Also, wenn ich das gewusst hätte … Komm, Schatz, wir gehen – zurück nach Wiesbaden, wo alles seine Ordnung hat! Wir sind von der anderen Rheinseite, nicht vom anderen Ufer …" Die anderen Gäste starrten uns an; nach einem kurzen Moment der Stille brachen drei Hippies in der Ecke in ein albernes Kichern aus. Vielleicht waren sie high.

Ich weiß nicht, wie oft ich mir hinterher gewünscht habe, ich wäre auf sein Theater eingestiegen. Das wäre vielleicht unsere letzte Chance gewesen, dieses Erdloch zu verlassen. Doch ich war unfähig, mich auch nur von der Stelle zu rühren. Wie gebannt folgte mein Blick dem Lichtkegel, der sich von der Küche aus in Richtung Sitzecke verschob und dort die Farbe vom Orange- in den Grünbereich wechselte.

Zum ersten Mal, seit wir den Raum betreten hatten, schaute ich mir die anderen Teilnehmer näher an. Eine bunt zusammengewürfelte Gruppe – einige standen rum, andere saßen und unterhielten sich –, in der von jung bis alt, flippig bis spießig alles vertreten zu sein schien. Die Anzahl hätte für eine Fußballmannschaft gereicht, aber von der personellen Zusammensetzung her wäre mit der Gurkentruppe wohl kein Blumentopf zu gewinnen gewesen. Bei der Zerlegung in kleinere Einzelheiten kristallisierten sich sofort einige Gruppen heraus:

Die Hippies, gekleidet wie Paradiesvögel, waren mit Sicherheit zusammen gekommen. Gedanklich hatte ich sie bereits mit dem grellen Bus auf dem Parkplatz in Verbindung gebracht; davon abgesehen, wirkten sie harmlos, wenn auch nicht ganz präsent.

Ein Stück von ihnen abgerückt stand ein Rentnerpaar, das hin und wieder einen irritierten Blick herüberwarf, sich aber sonst nicht weiter bemerkbar machte. Beide grauhaarig, unauffällig und nicht wirklich besorgniserregend.

Der Rest waren einige einzelne Personen – darunter die Blondine, ihr breitschultriger Gesprächspartner und der Naturbursche, der immer noch etwas verlegen von einem Fuß auf den anderen trat. Für diese Gruppe fand ich kein passendes Etikett; ich konnte sie mir weitaus besser mit reichlich Abstand zueinander vorstellen als hier auf engem Raum unter der Erde zusammengezwängt. Das Urteil meiner hemmungslos von Vorurteilen geleiteten Analyse lautete: Ungute Mischung.

Ich sah, wie jemand aufstand und sich auf uns zubewegte. Das Licht erlosch für zwei oder drei Sekunden, dann sorgten rundum an den Wänden angebrachte Neonröhren schlagartig für Großküchenbeleuchtung. Vor mir stand eine Frau mit schulterlangen, kastanienbraunen Haaren. Ein gelbes T-Shirt und eine eng anliegende rote Jeans brachten ihre knabenhafte Figur zur Geltung.

„Hallo, ich bin Kathrin", sagte sie und schüttelte erst mir, dann Yücel die Hand. Der Duft von Zedernholz stieg mir in die Nase. Ich musste unwillkürlich an die spanische Seife denken, die es früher in den alternativen Geschenkartikelläden zu kaufen gab. Damit hatten wir jahrelang taschengeldschonend alle Muttertags-, Weihnachts- und Geburtstagsgeschenke für unsere Mütter bestreiten können. Eine junge, attraktive Frau mit Manieren, die zudem noch Kindheitserinnerungen weckte, würde das Vorhöllen-Flair mit Sicherheit im Nu vertreiben. Dachte ich. Doch dann tat sie das Unaussprechliche und fragte: „Sind Sie die beiden Kaufhausdetektive?"

4

Ein wenig anders hatte sie ihn sich schon vorgestellt. Dass er ihr nicht auf Anhieb so sympathisch war, wie sie gehofft hatte, beschäftigte sie aber nur kurz. Was hatte sie denn erwartet?

Sie beobachtete ihn eine Weile und stellte zufrieden fest, dass er nach wenigen Minuten aufhörte, sein Kinn jedes Mal vorzurecken, wenn er etwas sagen wollte. Nach einer Viertelstunde hatte er sogar damit aufgehört, die Hände wechselweise über seinem Bauch zu falten und hinter seinem Rücken zu verschränken.

Sie ertappte sich dabei, dass sie ebenfalls nicht wusste, was sie mit ihren Fingern anfangen sollte und spürte ein unbändiges Verlangen nach ihrem Strickzeug, das sie aus Sicherheitsgründen zu Hause gelassen hatte. Erstens hätten Mohairwolle und Zopfmuster nicht zu ihrer Tarnung gepasst und zweitens war eine Stricknadel schon einmal in ihren Händen zur Waffe geworden, damals, nachdem sie im Anschluss an die Tagung noch in loser Runde zusammengesessen und die eine oder andere Flasche Wein geleert hatten.

Das konnte leicht wieder geschehen. Ihr Opfer hatte sich damals nichts weiter zuschulden kommen lassen, als die Nacht mit ihr zu verbringen, während ihr Mann ahnungslos zu Hause schlief und darum kämpfte, in sein altes Leben zurückkehren zu dürfen.

Zunächst hatte sie keinerlei Erinnerung an die Tat selbst gehabt, wusste weder wann noch warum sie ihn erstochen hatte. Nur dass sie es gewesen war, die dem furchteinflößenden Briten mit den eisblauen Augen ein jähes Ende gesetzt hatte, war für sie von Anfang an außer Zweifel gewesen.

Dann war die Erinnerung zurückgekommen. Erst scheibchenweise, dann mit voller Wucht. Es war in Bingen gewesen. Sie hatte sich beim Kongress der Schulbuchautoren erwartungsgemäß unwohl gefühlt, war noch längst nicht in ihrer neuen Rolle angekommen. Das schmale Werk, das sie verfasst hatte – „Grammar is a joke. Der Witz als Impuls für die Englischstunde" – war im Vergleich zu dem, was *die anderen vorzuweisen hatten, nicht der Rede wert. Dennoch war es der Kitt, der ihr Leben derzeit zusammenhielt. Die Handreichung für Lehrkräfte an weiterführenden Stunden fand reißenden Absatz und sie war nun „Autorin mit Unterrichtserfahrung", nicht einfach nur „ehemalige Lehrerin". Mit diesem Label ließen sich auch grundlegende Veränderungen so gut wegstecken, dass sie kaum noch ins Gewicht fielen. „In three words I can sum up everything I know about life: it goes on." Das war eines ihrer Lieblingszitate von Robert Lee Frost. Wann war sie darauf gestoßen? Kurz nachdem die Ärzte ihr eröffnet hatten, dass ihr Mann vermutlich nie wieder aus dem Koma erwachen würde.*

Doch das Etikett „Autorin" bekam man nicht geschenkt. Man musste etwas tun, um es zu behalten, sich der ein oder anderen Veranstaltung aussetzen, bei der die Gefahr bestand, lauter Menschen zu begegnen, denen man sich heillos unterlegen fühlte. Sie musste an die von ihr hochverehrte Autorin Sue Townsend denken, deren „Geheime Tagebücher des Adrian Mole" sie regelrecht verschlungen hatte. Townsend, von der man hätte annehmen können, dass sie sich vor nichts und niemandem fürchtete, hatte in einem Vorwort geschrieben, dass sie vor anderen Schriftstellern Angst hatte. Vielleicht, überlegte sie, war das die beste Schutzvorkehrung: Angst vor ihresgleichen.

Gewissermaßen als Talisman hatte sie damals ihr Strickzeug dabei, das eine fühlbare Verbindung zu ihrem Mann daheim herstellte. Die Gedanken flossen besser, die Einseitigkeit ihrer Gespräche mit ihm wurde erträglicher, wenn sie an seinem Bett saß und dabei Socken strickte. Das Nadelspiel war eine Sache zwischen ihnen beiden. Es war privat. Intim. Manchmal, wenn sie am Bett ihres Mannes saß, fühlte sie sich versucht, ihn mit der Stricknadel zu pieksen, ein kleines bisschen nur, um zu sehen, ob er nicht doch reagierte. Sie hatte es noch nie getan. Austherapiert, hatten die Ärzte gesagt. Das sei der Zustand, in dem er bis an sein Lebensende bleiben würde.

Der zynische Brite hatte damals in Bingen das Strickzeug entdeckt, sie darauf angesprochen und damit sofort erreicht, dass sie sich ertappt und unwohl fühlte. Sie hätte auf der Hut sein sollen. Doch statt sich mit ihrer kleinen, wenn auch nicht heilen, aber überschaubaren Welt gegen die Störenfriede von außen abzukapseln, hatte sie sich ihm an den Hals geworfen, war ihm auf sein Zimmer gefolgt. Sie hatte für einen Moment – sie dachte mit Grausen daran zurück – ihren Mann in ihm lebendig werden sehen, ihn sogar mit dessen Namen angesprochen.

Der Rahmen, in dem sie sich bis zu seinem – oder ihrem eigenen – Tod bewegen würde, war klar definiert. Was aus diesem Rahmen herausfiel, zum Beispiel aus Versehen Sex mit einem Fremden zu haben, der nun jederzeit versuchen konnte, in ihr gewohntes Leben einzudringen, musste korrigiert werden. Notfalls final und mit einer Stricknadel. Was war schon das einzelne Leben eines unbedeutenden Säufers gegen das Ringen um einen Daseinsentwurf? Sie würde nicht so weit gehen zu behaupten, er habe den Tod verdient. Aber sein Ableben bedeutete keinen Verlust – weder für ihn selbst noch für seine Mitmenschen.

Ihr wäre damals wohler dabei gewesen, wenn sie sich sofort an die Tatumstände hätte erinnern können. Die waren jedoch erst einmal weiterhin im Dunkeln geblieben. Irgendwann war sie neben dem Toten aufgewacht, um festzustellen, dass sie ihn mit ihrer Stricknadel erstochen haben musste. Sobald ihr klar wurde, was das bedeutete, hatte sie ihre Spuren verwischt und, um Zeit zu gewinnen, den Verdacht auf eine andere Tagungsteilnehmerin gelenkt, die von der Polizei aber sicherlich schnell als Verdächtige ausgeschlossen und somit nicht wirklich in Schwierigkeiten geraten war.

Moment mal – Polizei … That rang a bell. Kleine Randnotiz im Hinterkopf: Erste Begegnung mit IHM musste in Verbindung mit Ermittlungen gewesen sein.

Für einen winzigen Moment, gerade lang genug, um noch einmal die panische Verlustangst, die sie erfasst hatte, zu durchleben, hatte sie ihre Faust, die fest die Stricknadel umklammert hielt, auf ihn niedersausen sehen. Sie hatte also bewusst gehandelt, getan, was sie geglaubt hatte,

34

tun zu müssen und dabei ohne Rücksicht auf Verluste Grenzen über-
schritten.

Zu töten war ihr in dem Moment alternativlos erschienen, also hatte sie es
getan. Im nächsten Moment war sie in Ohnmacht gefallen und als sie wie-
der zu sich kam, hatte sie sich wiederum auf das Nächstliegende konzen-
triert und damit begonnen, ihre Spuren zu verwischen.

Doch dass sie mit dem coolen Briten nicht auch die Erinnerung an seine
Hände auf ihrer Haut ausgelöscht hatte, setzte ihr zu. Immer wieder
holte dieser Teil der Vergangenheit sie ein, oft unerwartet, wenn sie beim
Zahnarzt im Wartezimmer saß, zum Beispiel, oder im Supermarkt
einkaufte. Wenn sie bei Nieselregen durch den Budenheimer Wald joggte
oder in der Straßenbahn saß. Nicht immer fühlte sie sich dieser plötzli-
chen Rückblende gewachsen. Die nächsten Stunden verbrachte sie meist
mit Block und Stift am Bett ihres Mannes, erfüllt von dem Wunsch, sich
in einem Brief an ihn alles von der Seele zu schreiben. Mochten ihr die
Wörter sonst nur so aus der Feder fließen – hier blieb das Blatt stets leer.

Sie schob die Erinnerung beiseite und wandte sich wieder der Gegenwart
zu. Man sah ihm an, dass er sich allmählich ein bisschen wohler fühlte.
Wie damals in dem Hotel, schoss es ihr blitzartig durch den Kopf. Na-
türlich, jetzt erinnerte sie sich wieder. Er war dort ebenfalls abgestiegen,
zusammen mit einem Freund, einem Polizisten, der sich am liebsten in
die Ermittlungen gestürzt hätte, nur um nicht an dem Kochkurs, der
dort zeitgleich mit ihrer Tagung stattfand, teilnehmen zu müssen. Das
letzte, was sie sah, bevor sie sich unbemerkt davonmachte, war sein
erleichterter Blick, als die örtliche Polizei anrückte und er seinen Kum-
pel wieder an den Herd zurück dirigierte. Offenbar konnte er trennen
zwischen beruflich und privat. Oder zwischen wichtig und unwichtig.
So, wie er da jetzt stand, kam er dem Bild desjenigen, der sie von ihrer
Pein erlösen sollte, schon bedeutend näher. Sie würde ihn sich erarbeiten.
Das würde sie tun müssen, wenn sie eine Chance haben wollte, hier heil
rauszukommen.

5

Ich überließ es Yücel, die illustre Runde über die Unterschiede zwischen einem Kaufhausdetektiv und einem Privatdetektiv aufzuklären. Für Ermittler wie mich, die Wert auf gewisse Standards legen, in mehreren Verbänden Mitglied sind und seit Jahren für eine einheitliche Ausbildung kämpfen, kommt es einer Todsünde gleich, als Kaufhausdetektiv bezeichnet zu werden. Obwohl beide Berufe den Detektiv im Namen führen, haben die Tätigkeiten etwa so viel gemein wie Kirche und Nächstenliebe, SPD-Politik und linke Gesinnung, Stromerzeugerkonzerne und Anstand oder aktuelle Regierung und gesunder Menschenverstand. Die Kaufhäusler sind eindeutig dem Bewachungsgewerbe zuzuordnen. Hier finden aber leider auch gescheiterte Existenzen ihren Platz, die für weniger als sieben Euro brutto Leuten in Warenhäusern nachstellen und nicht selten unter dem Druck, endlich wieder einen Zugriff vorweisen zu können, auch mal jemandem etwas in die Tasche schmuggeln.

Verstehen Sie mich bitte nicht falsch – ich habe nichts gegen die Leute, die ihr Brot hart in diesem Gewerbe verdienen müssen. Mein Vorwurf gilt den Kaufhausketten, die nicht bereit sind, einen angemessenen Betrag für diese hochsensible Tätigkeit zu bezahlen und somit diese unhaltbaren Zustände verursachen. Ich möchte damit nur nicht auf eine Stufe gestellt werden. Die Hauptarbeit eines Privatdetektivs findet im Kopf statt und basiert auf analytischem Denkvermögen, Fleiß und Kombinationsgabe.

„Normalerweise sagen wir, wenn wir nach unserem Beruf gefragt werden, wir sind Unternehmensberater mit kriminalistischem Schwerpunkt", schloss Yücel seine Ausführungen. Trotz seines Hangs zur Ironie konnte er, wenn es angebracht war, problemlos auf „ernsthaft" umschalten, wenn es der Situation entsprach. „Im Grunde trifft das eher auf das zu, was wir machen."

Kathrin zuckte mit den Achseln. „In meiner Einladung stand etwas von zwei Kaufhausdetektiven, die uns durch das Tapas-Sortiment der Showküche führen. Einer davon soll ein begnadeter Koch sein und uns am Herd einweisen", sagte sie.

„Darf ich mal sehen?", fragte ich.

Sie grinste schief. „Na klar", sagte sie und holte ein zusammengerolltes Butterbrotpapier aus ihrer cremefarbenen Mini-Umhängetasche. „Hier."

Ich nahm das Blatt und entrollte es. Ein kunstvoll und offenbar mit Feder geschriebener Text kam zum Vorschein, der augenblicklich Erinnerungen bei mir weckte – nur konnte ich nicht auf Anhieb sagen, woran.

„Wow", hörte ich Yücel, der mir über die Schulter sah. „Das sieht ja aus wie die Schönschreibübungen deiner Wichtel."

Stimmt, dachte ich. Dafür, dass sie im Vorschulalter waren, hatten die Zwillinge recht ausgefallene Hobbies. Joshua und Jeremias konnten kaum den Stift selbst halten, als ihnen ein kyrillisches Kochbuch meiner Großmutter in die Hände fiel und sie damit begannen, die Buchstaben abzuschreiben. Abzumalen wäre eigentlich der treffendere Ausdruck, denn sie hatten keine Ahnung, was sie da zu Papier brachten.

Von da an hatten sie nach jedem Restaurantbesuch eine Komplettabschrift der Speisekarte im Gepäck, egal ob Druckbuchstaben, Schönschrift oder chinesische Zeichen. Hierdurch hatten sie mir sogar schon einmal bei einem meiner Fälle geholfen. Den Vorwurf eines Gastes, er habe sich am Wochenende in einem portugiesischen Restaurant eine Fischvergiftung zugezogen, konnte ich quasi aus dem Stand widerlegen. Genau dorthin hatte ich nämlich kurz zuvor meine Familie zum Essen ausgeführt und die Aufzeichnungen meiner Knirpse waren sehr aufschlussreich: „Fischgerichte nur freitags". Im Grunde fürchtete ich mich aber vor dem Tag, an dem sie würden lesen können, was sie da schrieben … *Raucherter Sagefish an den Kartofelbrei, Putten-Schmitzel oder Gulasch nach Ungarischer Arzt* - das waren nur einige der Perlen vollendeter Formulierungskünste in Deutschlands Oasen der Gastlichkeit. Susanne und ich hofften inständig, dass sich das nicht in den Köpfen unserer Jungs festsetzte. Die Tatsache, dass ich selbst über so eine Art fotografisches Gedächtnis verfüge, lässt allerdings befürchten, dass meine Gene hier bereits zum Tragen kommen. Nicht nur visuelle Eindrücke, auch Gerüche und Klänge prägen sich mir nahezu unauslöschlich ein. Manchmal dauert es allerdings ein wenig, bis ich alle Details richtig einordnen kann.

Ich schob die Frage, woran noch mich die Schrift auf Kathrins Einladung erinnerte, vorerst beiseite und befasste mich mit dem Inhalt: „*Sie sind die stillen Stars, an denen manchmal Sterneköche verloren gegangen sein können: Kaufhausdetektive. Lernen Sie zwei dieser besonderen Zeitgenossen bei einem gemeinsamen Kochabend in unserem gemütlichen Küchenstudio kennen und lassen Sie sich vom Chefdetektiv der Detektei Adler persönlich in die Geheimnisse der modernen Tapas-Cuisine einweisen.*"

Ich merkte, wie ich eine Gänsehaut bekam. Wenn der Schreiber der Einladung wusste, dass ich der Inhaber einer Detektei bin, wieso nannte er uns dann Kaufhausdetektive? Das wirkte fast so, als wollte mir jemand ganz persönlich eine reinwürgen. Und dass ich in Begleitung meines Detektivkollegen statt meiner Frau kommen würde, hatte ich selbst erst ganz kurzfristig entschieden.

„Wann haben Sie die Einladung bekommen?", fragte ich.

Kathrin überlegte kurz. Dann nannte sie mir ein Datum und ich musste mich an der Tischkante abstützen, als ich merkte, wie mir der Kreislauf in die Beine sackte. Das war lange bevor ich die Einladung bekommen, geschweige denn eine Entscheidung bezüglich meines Begleiters getroffen hatte. Ich verspürte den dringenden Wunsch, zu Hause anzurufen und mich zu vergewissern, dass alles in Ordnung war. Doch auch wenn Aussicht darauf bestanden hätte, dass eine Verbindung zustande gekommen wäre – das wäre natürlich das Dümmste gewesen, das ich hätte tun können. Damit wäre der unsichtbare Strippenzieher – wenn es denn tatsächlich einen gab und ich mir das nicht nur alles einbildete – gewarnt und seine volle Aufmerksamkeit auf mich gelenkt gewesen.

„Eigentlich wollte ich gar nicht kommen", sagte Kathrin.

„War die Aussicht auf zwielichtige Gestalten wie uns so abschreckend?", versuchte ich einen Scherz.

„Was? Ach so, nein. Mir ist völlig egal, mit wem ich koche. Mir ist sogar fast egal, wo ich koche. Aber wenn jemand die Begriffe ‚Tapas' und ‚Cuisine' zusammenbringt, stellen sich mir die Nackenhaare auf. Das ist wie bei Ihnen mit dem Kaufhausdetektiv …"

Sie blickte um sich, dann seufzte sie.

„Ich hätte wirklich lieber zu Hause bleiben sollen. Auch wenn Gemütlichkeit nicht das Hauptargument für ein Küchenstudio ist – finden Sie es hier drin *gemütlich*?"

„Nein, in der Tat nicht", sagte ich.

Als ich ihr das Einladungsschreiben zurückgab, bemerkte ich, dass das Papier unter meinen Fingerkuppen nicht ganz glatt war. Ich hielt es ins Neonlicht und erkannte dort die Abdrücke einer Handschrift – *1 TL Salz mit Ga* … Mehr konnte ich mit bloßem Auge nicht erkennen, denn der Abdruck wurde schwächer. Offenbar hatte jemand auf dem Blatt darüber ein Rezept notiert. Vielleicht hatte er Kathrin die Einladung zunächst etwas schmackhafter machen wollen, dann aber die Taktik geändert und lieber ihren Widerspruchsgeist geweckt, um sie hierherzulocken.

Mir schoss ein Gedanke durch den Kopf: Zwei Personen hatten zwei völlig verschiedene Einladungen erhalten. In meiner stand etwas von einem Sternekoch, in Kathrins war die Rede von zwei Detektiven und Tapas. Es wäre interessant zu wissen, was in den Einladungen der anderen stand – eher Schuhbeck oder eher Tapas? Egal: Ich unterdrückte sowohl den Wunsch, mir alle Einladungen zeige zu lassen, wie auch den, Kathrin nach dem Sternekoch zu fragen und ergriff unsere Chance: Yücel und ich sozusagen als Vorgruppe für Alfons Schuhbeck.

„Sie sind Köchin, oder?", fragte ich.

„Was bringt Sie auf die Idee?"

„Ich bin Detektiv, schon vergessen?"

„Ach ja, richtig, damit sind Sie ja automatisch ein erstklassiger Menschenversteher."

Das klang bitter, so wie sie das sagte.

„Das würde ich jetzt so nicht unterschreiben", gab ich mich bescheiden. „Ich habe nur eins und eins zusammengezählt …"

„Wirklich? Und was ist dabei herausgekommen? Drei?"

„Nun, dass Sie ein gewisses Faible für Spanien haben, lässt sich nicht übersehen", knurrte ich.

Auch wenn ich mir sicher war, dass Kathrin in erster Linie ihre eigene Verletzlichkeit zu überspielen versuchte, war mein Bedarf an Schmarren für heute mehr als gedeckt.

„Tatsächlich? Das ist Ihnen aufgefallen? Ja, wie das denn nur? Haben Sie etwa Ihre obligatorische Sonnenbrille abgenommen? Oder einfach nur die Augen aufgemacht?", stieß sie hervor.

So, jetzt reichte es. „Mit Ray Ban hätte mir Ihre Viva-España-Kluft in der Tat weniger in den Augen geschmerzt", gab ich zurück. „Wo haben Sie dieses geschmackvolle Ensemble her? Ist das der *Dress in the dark*'-Surprise-Look aus der Rotkreuz-Tonne?"

Dass Sie mich jetzt bitte nicht falsch verstehen: Es würde mir nicht im Traum einfallen, den Bekleidungsstil einer Dame zu kommentieren, der es ernst damit ist. *Fashion victims* waren bereits gestraft genug. Doch Kathrin, davon war ich überzeugt, hatte eine Botschaft. Ob die an mich persönlich gerichtet war (eher unwahrscheinlich, denn wir waren uns noch nie zuvor begegnet), an Männer im Allgemeinen oder an dilettierende Hobbyköche, die sich in den Vordergrund drängelten, konnte ich noch nicht genau sagen. Um das herauszufinden, musste ich sie irgendwie aus der Reserve locken. Mich über ihre Kleidung lustig zu machen, erschien mir ein geeignetes Mittel, doch sie reagierte erstaunlich gefasst.

„Also gut, Sherlock Bratwurst", sagte sie ungerührt. „Wie soll es denn nun weitergehen?"

„Genau!", grölte plötzlich der rotgesichtige Naturbursche aus meiner dritten Gruppe, der bedenklich wankend auf uns zu kam. In der rechten Hand hielt er eine Flasche Begrüßungs-Cava, die er offenbar bis auf den Grund geleert hatte. Die Wirkung setzte erstaunlich schnell ein.

„Daafichvorschtllln?", lallte er und reichte mir die Hand samt Flasche zur Begrüßung. „Ich bin der Oli. Wann gehtsn endlich los? Wenn bei mir so gearbeitet würde, also, dann wären hier schon längst alle arbeitslos … Hier, ich hab was mitgebracht. Halt ma kurz!"

Er drückte mir die Flasche in die Hand und pulte umständlich etwas, das er in Alufolie eingewickelt hatte, aus seiner Hosentasche.

„Da! Chilischoten, alles eigene Zucht!", rief er und warf mir das Päckchen auf den Herd. „Jetzt zeigense ma, was Sie können, Herr Detektivkoch!"

Mit diesen Worten erklomm Oli einen der Barhocker, von dem aus er einen fantastischen Überblick über das Geschehen in der Küche haben würde.

Einer der Hippies hatte in der Ablage unter dem Esstisch einen Laptop entdeckt und offenbar war es ihm gelungen, den in Betrieb zu nehmen, denn plötzlich sprangen überall im Raum die Monitore an – insgesamt zehn, wie ich nun feststellte, und so verteilt, dass man, wie auch immer man sich vom Herd aus drehte, immer einen von ihnen im Blick hatte. Sogar in der Spiegelwand war ein Monitor angebracht, den ich als Stuhllehne wahrgenommen hatte.

Auf dem Bildschirm forderte gerade eine ältere Dame mit Kochschürze, die aussah wie frisch aus einer „Inspektor Lewis"-Folge entsprungen, die Zuschauer heraus: „Fancy yourself as a bit of a baker?" Dann folgte eine Bilderflut libidinöser Nahrungszubereitungsvorgänge.

„Scheiße, was ist das denn?", kam es aus der Paradiesvogel-Truppe. „Ein Food-Porno oder was?"

The Great British Bake Off", erklärte das Rentnerpaar wie aus einem Munde.

„Hä?"

„Eine Backsendung."

Das Hippie-Trio jubelte und begann wie auf Kommando gleichzeitig die Kurzversion eines alten „Laid Back"-Hits aus vollem Hals zu schmettern:

„Bakerman is baking bread
You've got to cool down
Take it easy
Relax take it easy
Slow down relax
It's too late to worry
Slow down – take it easy."

„Danke auch, jetzt habe ich einen Ohrwurm", beschwerte sich eine hochgewachsene Brünette, die mir bisher noch gar nicht aufgefallen war. Was war eigentlich los mit mir? Normalerweise hätte ich bereits jetzt alle Anwesenden wahrgenommen, mir eine (wenn auch noch wackelige) Theorie bezüglich ihrer Hintergründe und Verbindungen untereinander zurechtgelegt und ziemlich schnell direkt oder indirekt eine Vorstellungsrunde einzuläuten versucht. Hierfür hatte ich den Zeitpunkt gründlich verpasst, weil ich es stattdessen vorgezogen hatte, mich an Kathrins Seite innerlich auf die Rolle als kontemplative Küchenfee vorzubereiten. Froh, mich aus allem raushalten und der Illusion hingeben zu können, dass sich entgegen meinem Bauchgefühl doch noch alles in Wohlgefallen auflösen würde. Doch wenn ich ehrlich war, wusste ich bereits, dass es kein Entkommen gab; ich spürte es einfach und ließ die Gelegenheit verstreichen, Initiative zu zeigen, indem ich etwa geprüft hätte, ob man über den Laptop Internetverbindung bekam. (Negativ. Die Jungs vom Schlagertrio hatten angedroht, uns ihre größten Erfolge auf Youtube vorzuspielen, doch alles, was sich mit dem Laptop machen ließ, war, die DVD mit 25 Folgen der BBC-Backsendung, die im Laufwerk lag, abzuspielen.)

Weil ich zwischendurch gepennt hatte, würde ich die Augen und Ohren nun überall haben und mir meine Mitgefangenen die sich an allen Ecken und Enden des Raumes

43

verteilten, um von dort aus der mittlerweile auf stumm geschalteten Backsendung auf einem der Monitore zu folgen – nach und nach erarbeiten müssen.

„Also, habta euch denn auch schon die Hände gewaschen, deine sonnige Küchenhilfe und du?", fragte Oli, der mir damit unwissentlich meinem ersten Arbeitsauftrag erteilte.

Das galt eindeutig Kathrin, die ein tapferes Lächeln aufsetzte und mir dabei zuraunte: „Typisch drittklassiger Schulkantinen-Caterer. Der hat bestimmt mehr als einmal Nahkontakt mit dem Gesundheitsamt gehabt."

„Ja, was issn nu?", rief Oli und trommelte mit den Fingern auf dem Tresen herum. „Gibbs hier noch wassu trinken?"

Er griff nach einer Pfeffermühle aus Plexiglas und hielt sie mir auffordernd hin. Wahrscheinlich hielt er sie für ein Weinglas. Yücels grinsendes Gesicht tauchte hinter Oli auf.

„Koch oder Kellner, du musst dich entscheiden", sang er.

„Ah", machte Oli und drehte sich, so gut es ging, um.

Während er sich mit einer Hand am Tresen festklammerte, ließ er die andere Pranke auf Yücels Schulter niedersausen. Die Pfeffermühle fiel dabei zu Boden.

„Bissu der Meisterkoch oder der Dicke da?", fragte er meinen treuen Freund.

„Der Dicke", gab Yücel wie aus der Pistole geschossen zurück.

Kathrin stieß mich an. „Ich glaube, das galt Ihnen", sagte sie.

Na, danke auch. „Wissen Sie, mein Freund, der kommt daher, wo die Chilischoten wachsen. Mit dem können Sie sich bestimmt ganz fachkundig die Zeit vertreiben", erklärte ich.

„Echt?", fragte Oli begeistert. Umständlich stieg er vom

44

Barhocker, eine Hand nach wie vor auf Yücels Schulter.

„Aber na klar", versicherte Yücel ihm schnell.

„Hassu noch wassu trinken?", wollte Oli wissen.

„Ich nicht", sagte Yücel, während er beiläufig Olis Hand von seiner Schulter nahm und ihn unterhakte, damit er nicht umfiel. „Aber ich glaube, die junge Dame dort hat noch etwas im Angebot."

Tatsächlich stand nun, wie aus dem Boden gewachsen, die Blondine, Typ kurzbeinige Winzertochter, mit einem einfältigen Lächeln im Gesicht zwischen dem Tresen und dem mühsam von meinem Freund gestützten Chilifan. Die schien jedoch momentan nur Augen für jemand ganz anderen zu haben – mich. Sie hielt eine Flasche mit rheinhessischem Wein hoch und sah mich fragend an.

„Dämliche Provinzprummel", knurrte Kathrin. „Hält sich für eine Sommelière, nur weil sie weiß, wo oben und unten bei der Flasche ist."

Und wofür halten Sie sie?, war ich versucht zu fragen, hielt mich aber zurück. Wichtiger war, dass ich hier und jetzt schaffte, aus ihrem Mund zu erfahren, wer sie war. Die Gelegenheit war günstig, denn ihr Blick bohrte regelrecht Löcher in meine Stirn.

„Ich würde vorschlagen, Sie kommen mit uns", schaltete Yücel sich plötzlich ein und lenkte die Aufmerksamkeit der Blondine auf sich.

„Verdammt noch mal …", entfuhr es mir unweigerlich, aber nur Kathrin schien davon Notiz zu nehmen.

„Cool bleiben, Marlowe", raunte sie mir zu.

„Du … Du biss wunnerschön …", erklang nun Olis begeisterte Stimme. Sein Blick war fest auf die Flasche gerichtet. „Wunnerschön …", wiederholte er. „Weissu das, Nel … Ness …"

„Nancy", korrigierte die Blondine ihn freundlich, dann ließen sie und Oli sich bereitwillig von Yücel in Richtung Sitzecke dirigieren. Ich beruhigte mich augenblicklich wieder, denn immerhin wusste ich nun wieder zumindest einen Namen mehr. *Nancy, my little Nancy, ich will dir danken, es war so schön …* Plötzlich hatte ich den Uraltschlager von Graham Bonney im Ohr. Ich musste mich zusammenreißen, um ihn nicht zu summen. Meine Cousine Babette war eine Zeit lang ein großer Fan von ihm gewesen und hatte uns bei jedem unserer Besuche mit Kostproben aus ihrem Plattenschrank beschallt.

„Ihr Kollege tut mir leid", sagte Kathrin, die dem Trio nachdenklich hinterherblickte.

„Das braucht er nicht", beruhigte ich sie, erleichtert, an etwas anderes denken zu können. Graham Bonneys Stimme verstummte augenblicklich. „Der ist froh, wenn er weit genug vom Herd wegkommt und nicht helfen muss. Und was die Gesellschaft angeht … Sehen Sie selbst."

Wie zu erwarten, waren Oli, der inzwischen offenbar ein Glas gefunden hatte, und Nancy, die ihm fleißig einschenkte, so sehr miteinander beschäftigt, dass Yücel sich entspannt zurücklehnen und seinen Blick umherschweifen lassen konnte.

„Und was jetzt?", fragte ich. „Meiner Einladung nach sollte ein bekannter Koch die Moderation übernehmen."

Kathrin zuckte die Achseln. „Das scheint hier niemanden groß zu interessieren …"

Ich warf einen Blick auf die Grüppchen, die sich im Raum verteilt gebildet hatten und keine Eile zu haben schienen, loszulegen. Ich räusperte mich vernehmlich, was dazu führte, dass sich einige Köpfe in meine Richtung drehten; der Lautstärkepegel der Gespräche blieb mehr oder weniger gleich.

„Meine Damen und Herren, es sieht so aus, als ließe der angekündigte Koch noch eine Weile auf sich warten."

„Kann man da nicht mal irgendwo anrufen, um zu fragen, was los ist?", mischte Nancy sich aus ihrer Sitzecke ein.

Kathrin warf ihr einen genervten Blick zu – diesmal hätte Nancy ihn beinahe bemerkt. Wenn das so weiterging …

„So weit unten haben wir wahrscheinlich gar keinen Empfang und ich wüsste auch nicht, wen wir anrufen sollten. Also, wollen wir einfach schon mal anfangen? Die Rezepte", sie zeigte auf einen Stapel Zettel neben der Spüle, „sind ja offenbar schon hier."

Ohne eine Antwort abzuwarten, nahm sie ein paar der Zettel, die auf Papier mit dem Möbelhauslogo ausgedruckt waren, zur Hand und studierte sie mit hochgezogenen Augenbrauen. Da ging sie hin, meine Chance, die Führung zu übernehmen.

„Und? Ist etwas Brauchbares dabei?", wollte ich wissen.

Sie zuckte mit den Achseln. „Wie man's nimmt", gab sie zurück. „Es kommt darauf an, was man daraus macht … Und was wir hier von den Zutaten finden. Ich lese Ihnen die Liste vor und Sie suchen, einverstanden?"

„Von mir aus. Aber … Sollten wir nicht die anderen mit einbeziehen? Ich meine, bevor Unmut aufkommt."

„Das lassen wir mal besser", antwortete Kathrin in einem Tonfall, der keinen Widerspruch duldete. Vermutlich sah ich noch nicht ganz überzeugt aus, denn sie schaltete einen Gang zurück, als sie fragte: „Wer von der ganzen Bagage macht denn auf Sie den Eindruck, sich hier irgendwie nützlich machen zu können? Da drüben findet betreutes Komasaufen statt", ihr Blick wanderte zu Oli und Nancy, die sich unter Yücels Aufsicht tatsächlich weiter die Kante gaben, „die Schlageraffen zappeln blöd in der Gegend rum und können froh sein, wenn sie die Gabel zum Mund kriegen und das gutsituierte Paar da drüben ist damit beschäftigt, sich gegenseitig anzufeinden." Das galt der hochgewachsene Brünette, die hoheitsvoll den Raum durchschritt, als gehöre hier alles ihr, und dem Kleiderschrank, der ihr auf Schritt und Tritt folgte und auf sie einredete.

„Und was ist mit den beiden?", fragte ich und zeigte auf das weißhaarige Paar, das sich etwas abseits hielt und zu überlegen schien, ob sie sich uns nähern sollten. Dann kam jedoch die elegante Rothaarige, die altersmäßig wahrscheinlich nicht allzu weit von ihnen entfernt lag, sich aber wesentlich besser gehalten hatte, mit einem Notizblock in der Hand auf sie zu und setzte sich mit ihnen an den Esstisch.

„Ja, die sind küchentauglich", erklärte Kathrin. „Aber jetzt haben sie die Zeitungstante im Schlepptau. Sowas lenkt nur ab."

„Was denn, wir haben eine Journalistin hier?"

Kathrin zuckte die Achseln. „Das nehme ich jedenfalls an", sagte sie. „Läuft rum wie Falschgeld und trägt Block und Bleistift wie einen Abstandhalter. Eine Rezeptjägerin ist die auf keinen Fall. Also, los geht's: Wir brauchen 20 Eier, Salz, Olivenöl, anderthalb Kilo Kartoffeln …"

Eier fand ich erwartungsgemäß im Kühlschrank, Salz und Olivenöl standen in einem Plexiglas-Regal. Bei den Kartoffeln musste ich ein bisschen suchen, bis ich die Kiste schließlich hinter der Klapptür – wo ich eigentlich eine Geschirrspülmaschine vermutet hatte – entdeckte.

„Hoffentlich ist der Herd nicht auch bloß eine Attrappe", sagte ich.

„Nein, ist er nicht", erwiderte Kathrin und schaltete zum Beweis die Platte, auf der bereits eine Pfanne stand, an.

„Schneiden Sie schon mal die Kartoffeln in dünne Scheiben. Und dann suchen Sie sich bitte eine geeignete Schüssel, mischen die Eier mit Salz und rühren das Ganze schaumig", trug sie mir auf, während sie das Olivenöl erhitzte.

„Machen wir Tortilla?", fragte ich.

„Was sonst?"

„Raffiniert …" Den Sarkasmus konnte ich mir dann doch nicht verkneifen.

Kathrin blieb gelassen. „Für den einen mehr, für den anderen weniger …", sagte sie leichthin. „Sie können sich ja, wenn es Ihnen zu kitzelig ist, an die Rezeptkarte halten."

Sie deutete auf einen Stapel, der aussah wie ein Skatspiel. Beim näheren Hinschauen entpuppte der sich aber als eine Rezeptesammlung, die man bequem in die Hosentasche stecken konnte. Es waren dieselben Rezepte wie die auf den Ausdrucken mit dem Möbelhauslogo, nur in klein. Die Idee fand ich wirklich witzig, was ich Kathrin in meinem Überschwang denn auch gleich wissen ließ. „Das wäre ein ideales Werbegeschenk", erklärte ich. „Mit ausgesuchten Rezepten auf der Vorder- und dem Logo der Detektei Adler auf der Rückseite."

Kleine *Give-aways*, die einen praktischen Nutzen hatten, waren in der Tat sinnvoller als jede Visitenkarte oder Zeitungsannonce. Während ich das erste Rezept durchlas – offenbar das, in das mich Kathrin gerade eingewiesen hatte –, spielte ich in Gedanken bereits einige Themen durch: Tortillas des Grauens, Tapas Criminale … Was einem halt so durch den Kopf geht, wenn man sich plötzlich als Koch *numéro dos* im tiefen Keller eines Möbelhauses wiederfand.

Kathrins Stimme holte mich unsanft in die Wirklichkeit zurück. „Wenn es heute mehr als heißes Öl geben soll, müssten Sie langsam mal mit dem Kartoffelschneiden anfangen", sagte sie und fügte dann etwas versöhnlicher hinzu: „Jetzt können Sie sich ja vielleicht ein paar Helfer suchen. Ich kümmere mich in der Zwischenzeit um die Eimasse."

Ich ging schnurstracks zu dem älteren Ehepaar, drückte beiden jeweils ein Küchenmesser in die Hand und stellte einen Topf mit Kartoffeln auf den Esstisch. Die Rothaarige, die zwischen ihnen saß, sah mich herausfordernd an, doch ich ließ mich nicht davon beirren.

„Könnten Sie bitte schon mal die Schneidebrettchen holen?", fragte ich.

„Gern", sagte die Rothaarige, bewegte sich aber nicht von der Stelle. Ohne den Blick von mir zu nehmen, griff sie unter den Tisch und holte aus einer Schublade – mit aufreizender Langsamkeit – erst ein weiteres Messer und dann mit steigender Geschwindigkeit fünf Acrylbretter, eines nach dem anderen, hervor.

„Danke, Frau …", begann ich und kam mir dabei reichlich dämlich vor.

„Carla", sagte sie und begann herzhaft zu lachen. „Und das hier", sie zeigte auf die beiden neben sich, „sind Luise und Heinrich."

Die beiden sahen kurz auf und nickten mir freundlich zu. Jetzt, da Ordnung in die Veranstaltung kam, schienen sie zufrieden und hatten bereits damit losgelegt, die Kartoffeln zu schälen.

Die Überlegung, ob nicht jetzt vielleicht eine Vorstellungsrunde angebracht war, verwarf ich sofort wieder. Niemand schien in der Stimmung dafür zu sein. Vielleicht war dafür ja tatsächlich noch später Zeit. Spätestens, wenn der Koch eintraf. Wenn der Koch eintraf.

Ich sah, dass Yücel seinen Platz in der Sitzecke verlassen hatte und scheinbar ziellos umherschlenderte. Vermutlich versuchte er, an das kapriziöse Paar heranzukommen, das sich mittlerweile an den Rand zurückgezogen hatte und gedämpft miteinander stritt. Das Schlagertrio hatte sich samt Laptop in die Sitzecke breitgemacht, wo Oli und Nancy gerade friedlich schlummerten, und analysierten ausführlich die Backsendungen, die weiterhin stumm über die Monitore flimmerten.

„Würfel oder Schnitze?", fragte Luise.

„Äh …?"

„Die Kartoffeln. Sollen wir sie in Würfel oder in Schnitze schneiden?"

„Ach so, ja, natürlich … In Scheiben, bitte. Möglichst dünn."

„In Ordnung. Heinrich, das machst du dann besser, hörst du? Bei mir wird das nichts. Ich kann nur Würfel."

Heinrich brummelte etwas, das ich nicht verstand.

„Gehen Sie nur", sagte Carla und zwinkerte mir zu. „Ihre wertvollen Kartoffeln sind hier in guten Händen."

Gehorsam ließ ich mich zu Kathrin zurückschicken. Wir beide arbeiteten schweigend, hoch konzentriert und Hand in Hand, als hätten wir schon oft zusammen gekocht. Bevor ich die in feine Scheiben geschnittenen Kartoffeln in die Pfanne gleiten lassen durfte, holte Kathrin ein Döschen aus ihrer Tasche und gab einen halben Teelöffel des pulvrigen Inhalts hinzu.

„Was ist das?", fragte ich.

„Familienrezept", antwortete sie.

Aus der Pfanne stieg ein Duft auf, der an eine Mischung aus Tannennadeln und Pfeffer erinnerte. Ich fragte mich, was das sein mochte. Der Geruch kam mir – wenn auch nur entfernt – bekannt vor, aber ich kam partout nicht darauf, um welches Gewürz es sich handeln konnte.

„So", sagte Kathrin zufrieden. „Die *tortilla española* ist fast fertig. Als Nächstes sollten wir uns die *albóndigas en salsa de tomate* vornehmen."

„Hm, gut, die … die wollte ich schon immer mal machen", sagte ich, ohne einen blassen Schimmer zu haben, was das sein sollte. Salsa und Tomate, na gut, das konnte ich noch herleiten. Ich hätte auf Salat getippt, aber sie hatte von „*die albóndigas*" gesprochen, was entweder Suppe oder den Plural von irgendwas bedeuten konnte.

„Typisch Mann", sagte Kathrin, der mein Dilemma natürlich nicht verborgen geblieben war. „Ich kenne keinen, der nicht auf Fleischbällchen in Tomatensoße steht."

Offenbar hatte sie sich entschlossen, mich nicht länger vorzuführen, sondern bot mir die Möglichkeit, mein Gesicht zu wahren. „Darauf sollten wir anstoßen", befand ich und griff nach der nächstbesten Flasche – einem Rheinhessen Silvaner, wie kam der denn hierher? Na, egal … Ich schenkte uns beiden so diskret ein, dass Oli, sollte er wach sein, das nicht von seiner Sofaecke aus mitbekam. Der sollte gar nicht erst auf die Idee kommen, sich dazuzugesellen.

„Haben wir alles, was wir dafür brauchen, hier in der Küche?", fragte ich, nachdem ich einen Schluck getrunken hatte. Kathrin schien an ihrem Wein nur genippt zu haben – wenn überhaupt.

„Hackfleisch fehlt", erklärte sie. „Das wird wohl im Kühlraum sein. Am besten fangen wir schon mal mit ein paar anderen Sachen an. Dafür muss der Rest der Truppe aber allmählich mal mit anfassen, sonst dauert das ewig."

Kathrin breitete ein paar Rezeptkarten vor sich aus.

„Lassen Sie mal sehen", bat ich und rückte näher an sie heran.

Damit schien ich eine rote Linie überschritten zu haben.

Sie sprang einen Schritt zur Seite und es hätte mich nicht gewundert, wenn sie mir gleich eine geknallt hätte. Doch stattdessen wies sie mit großer Geste auf die Karten und sagte: „Bitte sehr!" Sie hatte zum Schlag ausgeholt, sich dann aber noch rechtzeitig wieder unter Kontrolle bekommen, dessen war ich mir sicher. Ich tat so, als hätte ich nichts bemerkt und widmete mich den Karten.

Als Erstes fischte ich das Rezept für den Salat – *Ensalada de Cogollos* – heraus und überflog die Zutatenliste: Salatherzen, Speckwürfel, geriebener Edamer, Mais aus der Dose, Salz, Pfeffer, Olivenöl, Balsamessig.

Das sah überschaubar aus, selbst wenn man die Menge für vierzehn Personen hochrechnen musste, und auch die kurze, aber klare Anleitung sah aus, als wäre die Zubereitung selbst für Kochmuffel wie meinen Freund Yücel keine allzu große Herausforderung.

Als Nächstes nahm ich mir das gebackene Gemüse – *Verduras fritas* – vor. Auch hier konnten die vereinigten Hilfsköche nicht allzu viel falsch machen. Zur Auswahl standen Zucchini, Aubergine, Frühlingszwiebeln und weiße Champignons. Für die Panade waren nur wenige Zutaten nötig und die Zubereitung schien ebenfalls ein Klacks zu sein.

Am vielversprechendsten erschien mir die Rührei-Variante mit Frühlingszwiebeln – *Tortilla con cebollas tiernas*. Hierfür brauchte man nur Eier, Frühlingszwiebeln, Salz und Öl zum Braten. Zubereitet wurde sie wie die *Tortilla española*, nur halt eben ohne Kartoffeln. Aus dem Wenden der Eimasse mithilfe eines Tellers konne man im Zweifelsfall auch eine kleine Showeinlage machen, falls irgendetwas anderes so gründlich schiefgehen sollte, dass Ablenkung nötig würde.

„Sollen die anderen eigentlich auch alle mit um den Herd herumstehen?", fragte ich. „Wird ziemlich eng, oder?"

„Je nachdem. Sie sollen sich eher am Rand halten und nur hin und wieder eine Handreichung machen. Damit sie sich nützlich fühlen. Kochkursteilnehmer brauchen dieses Gefühl", sagte sie und grinste mich an. „Meinst du, du bekommst das hin?"

Wir hatten zwar angestoßen, aber keine Brüderschaft getrunken. Wollte sie mir zu verstehen geben, dass sie mich doch gar nicht so unsympathisch fand? Fragen über Fragen.

„Eine meiner leichtesten Übungen", sagte ich nur.

Dann suchte ich nach einer großen Schüssel – Schüsseln waren immer gut, für irgendwas konnte man die auf jeden Fall gebrauchen – und winkte, nachdem ich die gefunden hatte, Yücel herbei, der sich wieder zu dem schlafenden Oli gesellt hatte. Mein Freund erhob sich widerstrebend und setzte sich erst in Bewegung, sobald er auch Oli und Nancy davon überzeugen konnte, mit ihm zusammen herüberzukommen.

„So, du könntest jetzt mal …", begann ich, doch Yücel winkte ab.

„Mich brauchst du nicht zu beschäftigen", erklärte er grinsend. „Ich habe mir ein bisschen Arbeit mitgebracht. Ich passe auf, dass der hier nicht umfällt und ordnungsgemäß betankt wird", sagte er, hakte Oli unter und hielt Nancy mit der anderen Hand ein Weinglas hin, damit sie es nachfüllen konnte.

Alle anderen standen jetzt zusammen und hielten sich an Small Talk. Gerade fragte die hochgewachsene Brünette: „Wie heißt das noch mal, wenn Menschen sich lieber in ihre Privatsphäre zurückziehen und es sich in ihren eigenen vier Wänden so gemütlich machen, dass jeder Schritt nach draußen eine Sünde wäre?"

6.

Der Begriff war ihr nicht gleich eingefallen. Ihm auch nicht. Sie spürte, wie eine Woge der Zuneigung sie mit Haut und Haaren erfasste. Zeitgeistgefasel war seine Sache nicht.

Er bewegte sich in dieser Küche so selbstverständlich, als wäre er hier zu Hause. Jeder Blick war gezielt, jeder Handgriff saß.

„Cocooning!", kam es von irgendwoher.

„Wärn toller Name für ein Chili-Menü!", rief der rotgesichtige Naturbursche. „Oder für einen Song", bemerkte einer der drei jungen Männer in den wild gemusterten Hosen und begann zu singen: „Cooking is co-coo-ning-co-coo-co-coo-co-cooning ..."

Die anderen beiden, mit denen zusammen er normalerweise als Schlager-Trio auftrat, wenn sie das richtig verstanden hatte, stimmten mit ein und stachelten sich gegenseitig zu Höchstleistungen im schillerndsten Diskant an, bis das leise Murren der anderen sich schließlich doch zu klar vernehmlichem Protest verdichtete.

Er hingegen schien nichts von alledem mitzubekommen, war im Augenblick vollkommen in seinem Element und hatte es offenbar nicht eilig, einen Ausweg zu finden. Sie biss sich nervös auf die Lippe.

„Also, für mich wäre das nichts mit dem Cocooning", erklang eine sichtlich pikierte Männerstimme. Jetzt wurde er aufmerksam. Er nahm kurz den Blick vom Herd.

„Och, das kann ganz nett sein. Wenn erst mal eine gewisse Zeit rum ist, dann kann man sich mit einem Schlag befreien und ist außerdem keine hässliche Raupe mehr, sondern ein schöner Schmetterling."

Sie atmete auf. Es hatte sich nichts daran geändert, dass er nach einem Ausweg suchte, einem Weg ans Licht, auch wenn er – anders als sie – aktuell vielleicht gerade nicht in einem Schlamassel steckte.

„Wer sagt denn, dass Schmetterlinge immer schön sein müssen?", hörte sie die Männerstimme nachlegen.

„Manche flattern von Blüte zu Blüte und merken gar nicht, dass ihre beste Zeit vorbei ist und sie inzwischen spukhässlich sind", ergänz-

te der Teilnehmer, von dem sie die ganze Zeit über den Eindruck gehabt hatte, dass er bei einer Veranstaltung wie dieser grundsätzlich falsch war, auch wenn sie oberirdisch stattgefunden hätte. Auf wen seine spitzen Bemerkungen gemünzt waren, konnte sie nicht genau sagen, denn aus einigen Gesichtern schien schlagartig alle Farbe gewichen zu sein.

Außer demjenigen, wegen dem sie hier war, schien niemand in dieser Runde zu sein, was er vorgab – oder was er gerne gewesen wäre, dachte sie plötzlich. Wahrscheinlich trugen sie alle ihr Päckchen mit sich herum. Wie lange würde es dauern, bis alle Hemmungen fielen und offen zutage treten würde, was jeden Einzelnen umtrieb? Oder … Wie lange würde es dauern, bis das, was in ihr rumorte, wieder zum Ausbruch kam? Sie hatte nie aus Eifersucht oder Neid getötet, soweit sie das im Nachhinein sagen konnte. Auch nicht aus purem Ärger oder Enttäuschung. Sonst wäre der ein oder andere Elternabend sicherlich anders zu Ende gegangen.

Nein, Elternabende hatten sie nicht zur Tat schreiten lassen. Aber der Mittzwanziger mit dem Nasenpiercing, den der Pflegedienst ihr in der ersten Zeit als Unterstützung ins Haus geschickt hatte. Der schrieb, wie er ihr schon bei seinem ersten Besuch erzählte, gerade an seiner Diplomarbeit zum Thema Sterbehilfe. Er untersuchte insbesondere, inwieweit pflegende Ehepartner sich weniger schuldig fühlten, wenn ihnen medizinisches Fachpersonal dazu riet, dem Leben ihrer besseren Hälfte ein Ende zu setzen. Dem jungen Mann war vor allem an einem praktischen Beispiel gelegen und er fragte sie, ob sie sich für ein „Beratungsgespräch" zur Verfügung stellen würde. Das wäre zunächst einmal nur mit ihm und sollte ihr vor allem Klarheit darüber verschaffen, ob sie überhaupt bereit war, über diesen Schritt nachzudenken. Dann erst würde er den Kontakt zu Fachärzten herstellen, mit denen anschließend mehrmals pro Woche intensive Beratungsgespräche stattfänden.

„Ist das denn legal?", hatte sie gefragt, obwohl sie die Antwort schon kannte.

„Sehen Sie, Sie sind eine aktive, vitale Frau, die mitten im Leben steht", hatte er gesagt und dabei eine Hand auf ihre Schulter gelegt. „Sie sollten sich keine Denk-Tabus auferlegen lassen. Was ist daran auszusetzen, dass Sie sich nach einem belastungsfreien Leben sehnen?"

So, so, ein belastungsfreies Leben … Wollte dieser Milchbubi etwa andeuten, dass ihr Mann nichts weiter als ein Klotz am Bein war, den sie so schnell wie möglich abschütteln sollte? Aber er war doch seinetwegen geschickt worden, um ihr dabei zu helfen, ihn am Leben zu erhalten. Nicht, um ihm das Leben zu nehmen.

Sie hatte mit ihren Schülern den Fall eines verurteilten Sexualstraftäters in Belgien diskutiert, der sich nach dreißig Jahren Inhaftierung vor Gericht das Recht erstritten hatte, seinem Leben ein Ende setzen zu dürfen. Er selbst betrachtete sich als Gefahr für die Gesellschaft und führte die psychischen Qualen, die er aufgrund fehlender Therapie erleide, als Begründung für diesen Schritt an. „Lieber tot als unter diesen Bedingungen weiterleben" lautete sein Motiv, kurz gefasst. Mit Erleichterung hatte sie festgestellt, dass viele ihrer Zehntklässler weitaus menschlicher reagierten als der belgische Staat, der das Zulassen des assistierten Selbstmords in einem Krankenhaus in diesem Fall allen Ernstes für eine gute Idee hielt. Dass es dann doch nicht dazu kam, sondern der Betreffende quasi in letzter Minute einen Therapieplatz erhielt, tauchte in den Zeitungen nur noch als Randnotiz auf. Diese Wendung entsprach jedoch ziemlich genau den Vorstellungen, die sie und ihre Schüler – von den notorischen Dummschwätzern mal abgesehen – von einer funktionierenden Gesellschaft hatten: Menschen mit physischen oder psychischen Problemen, gleich, welchen Alters und unabhängig davon, wer sie waren oder was sie getan hatten, bedurften der Therapie. Nicht der Entsorgung.

Doch genau das hatte dieser Aushilfspfleger vor. Er wollte ihren Mann entsorgen. Und fühlte sich dabei vermutlich auch noch völlig im Recht. Ihr Mann war krank und nutzlos, konnte gerade einmal selbstständig atmen, es war fraglich, ob er selbst noch etwas vom Leben hatte. Für alle anderen konnte er gar nichts anderes als eine Belastung sein.

„Also, ich finde das wirklich total lieb, dass Sie mitmachen wollen. Ich bin dann morgen wieder um dieselbe Zeit bei Ihnen, in Ordnung? Und hinterher nehmen wir uns ein Extra-Stündchen und reden ein wenig, wenn Ihnen das passt. Ich spreche schon mal mit dem Doc, wenn Sie einverstanden sind, damit wir dann auch bald Nägel mit Köpfen machen können und nicht erst nach einem Termin suchen müssen, wenn es so weit ist."

In Ordnung? Wenn Ihnen das passt. Wenn Sie einverstanden sind … Seine Worte drangen wie durch Watte an ihr Ohr, aber sie registrierte ganz genau, wie er sie einsetzte. Am Ende sollte sie glauben, sie selbst habe die Idee gehabt. Nein, sie wollte nicht mit ihm reden, wollte nie wieder mit ihm reden. Und vor allem wollte sie nicht, dass auch noch andere von seinem ungeheuerlichen Vorschlag erfuhren und davon, dass sie ihm unwidersprochen bis zum Ende zugehört hatte.

„Haben Sie noch viele Termine zu machen heute?", fragte sie.

„Nur noch einen, aber das ist ein Klacks – Insulin für Frau Rodgau", sagte er und tippte auf den Pen in seiner Brusttasche. „Die alte Dame ist wirklich noch gut beisammen. Aber sie hat immer ein bisschen Bedenken wegen der Dosierung. Deshalb bereite ich den immer schon vor."

Aha, dachte sie, gut beisammen. Das klang aus seinem Mund wie ein Synonym für „lebenswert". Sie kannte Frau Rodgau, die wohnte gleich um die Ecke. Als sie noch kein Rheuma in den Händen hatte, waren sie beide eine Zeit lang im selben Strick-Klub aktiv gewesen.

„Haben Sie etwas dagegen, wenn ich Sie begleite?", fragte sie, einer plötzlichen Eingebung folgend. „Dann kann ich mir das mit dem Pen gleich mal ansehen. Ich werde den vermutlich auch bald brauchen."

Er warf ihr einen prüfenden Blick zu.

„Sie haben Diabetes?", fragte er.

„Ja", log sie. Dann fixierte sie seine Tasche mit dem Pen und fragte: „Sie auch? Ich meine, Sie haben das Ding schon so griffbereit, da könnte man denken …"

58

Er schüttelte den Kopf.

„Nein, nein. Den mache ich nur immer schon im Auto fertig, dann brauche ich bei Frau Rodgau nur reinzuspringen, ihr den Schuss zu setzen und dann … Pffft …" Er breitete die Arme wie Flugzeugflügel aus. „Abflug."

„Verstehe", sagte sie und nickte. „Aber muss man da nicht erst den Blutzucker messen, bevor man die Dosis festlegt?"

„Ach was, nicht in diesem Fall … Da ist es immer gleich. Wissen Sie was? Sie könnten mir heute gleich mal assistieren. Ich zeige Ihnen im Auto kurz, wie man das Ding richtig auffüllt und dann können Sie demnächst Frau Rodgau zur Hand gehen." Je länger er sprach, desto mehr freundete er sich mit seiner Idee an. „Das ist für Sie sicherlich auch ganz gut. Dann fallen Sie nicht in ein tiefes Loch, wenn Ihr Mann nicht mehr da ist, sondern fühlen sich weiterhin nützlich."

„Na dann, lassen Sie uns keine Zeit verlieren", schnitt sie ihm das Wort ab. „Wollen wir?"

Im Auto zeigte er ihr, wie sie das Insulin in den Pen bekam. Dass er ihr rein routinemäßig Latex-Handschuhe gegeben hatte, war, wie sie fand, recht praktisch.

„Sechs Einheiten genügen", sagte er und ließ den Wagen an.

„Hab ich", sagte sie, sobald sie die Neuner-Marke erreicht hatte.

Frau Rodgau drückte auf den Türöffner, sobald der Pfleger sich über die Gegensprechanlage angemeldet hatte. „Ich bin im Schlafzimmer! Hab leider die Grippe", hörten sie die alte Frau rufen, sobald sie das Haus betraten.

Der Pfleger ging vor und wollte gerade den Fuß auf die erste Stufe einer kleinen Treppe setzen, als ihr Blick auf die offen stehende Tür zum Keller fiel.

„Das sieht aus, als hätte die jemand aufgebrochen", behauptete sie.

„Echt?" Neugierig kam der Pfleger zurück. „Was soll es denn da unten zu holen geben?", fragte er ungläubig und steckte seinen Kopf durch den Türrahmen.

Blitzschnell rammte sie ihm die Nadel in den Oberschenkel, stieß ihn die steile Treppe hinunter, knallte die Tür zu und schob den Riegel vor. Sie blieb einen Moment stehen und lauschte. Nichts regte sich.

Sie warf einen Blick auf den Pen und sah, dass sie zwar nicht geschafft hatte, ihm das gesamte Insulin zu injizieren, aber vermutlich doch genug, um ihn auszuschalten. Vielleicht hatte er sich beim Sturz auch das Genick gebrochen, das würde die Sache vereinfachen. Sie musste nur daran denken, später wieder den Riegel zurückzuschieben, dann wäre der für die Polizei nachvollziehbare Unfallhergang folgender: Pfleger betritt das Haus, bemerkt offen stehende Kellertür, will nach dem Rechten sehen und stürzt zu Tode. Sie hatte keine Ahnung, wie lange es dauern würde, bis das Insulin in seinem Körper nicht mehr nachgewiesen werden konnte und würde allein deshalb versuchen, so lange wie möglich hinauszuzögern, dass man ihn entdeckte. Außerdem musste sie den Pen loswerden. Und natürlich dafür sorgen, dass die Patientin ihre lebensnotwendige Dosis bekam.

Sie schlich ins Schlafzimmer, wo Frau Rodgau fiebernd und ermattet in ihren Kissen lag. Eben hatte ihre Stimme noch fest geklungen, doch jetzt schien sie kaum etwas um sich herum wahrzunehmen. Davon hatte sie schon gehört, dass der Zustand bei Diabetikern sich manchmal sehr schnell ändern konnte, vor allem dann, wenn noch eine zusätzliche Belastung wie eine Grippe hinzukam. Sie durchsuchte erst das Bad und dann die Küche nach Insulin, wurde im Kühlschrank fündig, zog den Pen noch einmal auf sechs Einheiten auf, reinigte die Nadel kurz mit einem Desinfektionstuch aus dem Spender, der auf dem Küchentisch stand, und injizierte der schlafenden Frau Rodgau das Medikament in den Bauch. Dort hatte sie unter dem hochgeschobenen Schlafanzug-Shirt etliche Einstichstellen bemerkt. Dann legte sie den Pen auf den Nachtschrank.

Unten horchte sie kurz an der Kellertür. Stille. Sie zog den Riegel zurück und die Tür auf, dann schlüpfte sie nach draußen und ließ die Haustür etwas lauter als beabsichtigt hinter sich ins Schloss fallen. Die

Latex-Handschuhe zog sie erst aus, als sie wieder bei sich zu Hause war.

Sie setzte sich mit ihrem Strickzeug ans Bett ihres Mannes, überlegte, wie sie es anstellen sollte, dass Frau Rodgau ärztliche Hilfe bekam, falls der Pfleger der Einzige war, der regelmäßig nach ihr sah, und verbrachte eine unruhige Nacht. Erst am übernächsten Tag erfuhr sie aus der Zeitung, dass der Pfleger von Frau Rodgaus Sohn entdeckt worden war, als der seiner Mutter einen kurzen Besuch abstatten wollte. „Mutiger Pfleger stirbt bei Einbrecherjagd", lautete die Schlagzeile, doch aus dem Artikel ging hervor, dass es wohl gar keinen Einbrecher gab, sondern der Pfleger, nachdem er der Patientin wie gewohnt ihre Injektion verabreicht hatte, vermutlich durch ein Geräusch oder einfach nur die offen stehende Kellertür aufmerksam geworden sei und nachsehen wollte. Dabei sei er gestürzt und offenbar durch den Schreck gestorben. Von einer Fremdeinwirkung würde derzeit nicht ausgegangen.

Sie zwang sich, die Erinnerung Erinnerung sein zu lassen und sich wieder auf die Gegenwart zu konzentrieren. In einer Hinsicht sah sie plötzlich klarer: Sie hatte immer nur dann getötet, wenn sie wollte, dass alles so blieb wie es war. Ihre aktuelle Situation war nichts, wofür es sich in die Verlängerung zu gehen lohnte, dachte sie und musste unwillkürlich grinsen. Mit einem Haufen Irrer in einem unterirdischen Küchenstudio, das war kein Zustand, den man verlängern wollte. Auch nicht unterbewusst. Sie war also keine tickende Zeitbombe. Glaubte und hoffte sie jedenfalls.

Sie wünschte, sie hätte doch ihr Strickzeug mitgenommen.

7

Die *Albóndigas en salsa de tomate* fehlte noch; ansonsten war das Essen fast fertig. Oli lag, bewacht beziehungsweise umsorgt von Yücel und Nancy, in der Sofaecke. Vom Starkoch – oder auch nur einem Kantinenleiter, der eingesprungen wäre – fehlte nach wie vor jede Spur. Der Rest der Gruppe hatte sich nach und nach zu uns gesellt und verschiedene kleinere Aufgaben übernommen – leidenschaftliche Hobbyköche schienen nicht dabei zu sein. Für dieses Rezept allerdings hatte Kathrin geraten, niemanden assistieren zu lassen, weil wir dann leicht den Überblick verlieren konnten. Die Zutatenliste war etwas länger, die Vorbereitungen waren etwas umfangreicher. Zur Sicherheit hatte ich mir die Karte dreimal durchgelesen, um ja nichts zu vergessen und mir die entsprechenden Mengen für vierzehn daneben geschrieben:

Kathrin hatte mir noch dabei geholfen, die Zwiebeln und den Knoblauch zu schälen und fein zu hacken, auch die Möhren hatte sie geschält und gewürfelt, dann aber hatte sie das Kommando mir überlassen und ich hatte den Rest erledigt.

Zwischendurch hatte ich immer mal einen Blick in die Runde geworfen, ob irgendjemand von mir einen begleitenden Kommentar – à la Lafer-Lichter-Lecker – erwartete.

Das Hackfleisch fehlte noch. Ich öffnete den Kühlschrank und stieß sprichwörtlich mit der Nase darauf. Beim Anblick der rund ein Dutzend abgepackten Portionen verging mir schlagartig der Appetit. Widerwillig nahm ich eines der Päckchen heraus und versuchte, meine Gedanken auf etwas ganz Anderes, Erfreulicheres zu lenken, damit es mich nicht aus der Kurve trug. Einer der Gründe dafür, dass ich kein abgepacktes Hackfleisch im Supermarkt kaufe, ist die Tatsache, dass die Berührung mit Frischhaltefolie sofort Übelkeit bei mir auslöst, wenn die Masse darunter beim Anfassen nachgibt. Hinzu kommt, dass ich das Geräusch nicht ertrage, das das Ablösen der Folie von der Styroporschale macht.

„Junger Mann?"

Jemand tippte mir von hinten auf die Schulter. Ich drehte mich um und sah in Luises schelmisch funkelnde Augen.

„Ich möchte ja nicht drängeln, aber …"

Sie griff nach Messer und Gabel, ging einen Schritt zurück, stellte sich neben ihren Mann Heinrich und schwenkte das Besteck im Takt, während beide energisch „Wir haben Hunger, Hunger, Hunger, haben Hunger, Hunger, Hunger …" anstimmten. Heinrichs Fröhlichkeit wirkte aufgesetzt, was, wie ich annahm, nicht nur daran lag, dass ihm der Magen knurrte. Sein matter Blick verlieh ihm die Aura eines vorzeitig gealterten Menschen.

„Ja, Sie haben recht, wir sollten ein bisschen was zu knabbern auf den Tisch bringen", unterbrach Kathrin die spontane Gesangseinlage. Sie öffnete die Kühlschranktür, nahm einen Gouda und ein Glas Gewürzgurken aus dem Kühlschrank, stellte das Glas dann doch wieder zurück und drückte Heinrich den Käse in die Hand. „Da, den könnten Sie würfeln. Wären Sie so nett?"

Bevor ich die Gelegenheit wahrnehmen konnte, Luise damit zu beauftragen, das Hackfleisch aus seiner Verpackung zu befreien, hatte die sich bereits ein Messer besorgt – wo kam das denn her? – und steuerte zusammen mit ihrem Mann den Esstisch an. Ich bemerkte gerade noch rechtzeitig, dass Heinrich mein Schneidebrett unterm Arm hatte und nahm es ihm wieder ab.

„O.k., gibt fünf Punkte Abzug für uns", hörte ich Luise sagen.

„Stimmt", gab Heinrich zurück. „Aber die holen wir hiermit wieder rein." Erst jetzt sah ich, dass er in seiner linken Hand einen Stapel kleiner Teller hielt.

„Und dafür können wir uns mindestens zehn Punkte gutschreiben. Jeder", erklärte Luise, als sie ein blaues Schneidebrett, das bis auf die Farbe (meins war rot) so aussah wie das, was ich ihr eben abgenommen hatte, auf den Esstisch klatschen ließ. Die anderen, die sie vorhin zusammen mit Carla aus der Ablage hervorgezaubert hatten, waren grau gewesen. Jedenfalls glaubte ich mich an diese Farbe zu erinnern. Überprüfend konnte ich es nicht, denn die Dinger waren verschwunden. Genau wie Carla, die ich im Augenblick nirgendwo entdecken konnte. Vermutlich war sie auf der Toilette. Wo war die überhaupt? Kichernd machten Luise und Heinrich sich daran, den Käse zu würfeln und auf die Teller zu verteilen.

„Spielkälber", presste der breitschultrige Kleiderständer, eine Hälfte des streitenden Paares, hervor. Sein Name war, wie ich zwischenzeitlich von Kathrin erfahren hatte, Karl-Theodor und er war so etwas wie das Anhängsel seiner Frau Flora, der großen Brünetten, die Ex-Model und in etwa mein Jahrgang war. Der Mittvierziger mit reichlich Pomade im Haar sah aus, als wäre er gerade von einer Jacht gefallen. Dass er mit den zwei Reihen klobiger Goldknöpfe an seiner marineblauen Jacke ungeschoren davongekommen war, während ich mich für meinen Aufzug hatte verspotten lassen müssen, wurmte mich noch immer.

„Und was soll das da sein?", fragte er und deutete anklagend auf das Hackfleisch-Päckchen, das ich noch immer in der Hand hielt.

Bevor ich sagen konnte, was mir auf der Zunge lag, kam Carla aus Richtung Backstage-Küche, in die man durch einen schmalen Durchgang neben den Küchenschränken gelangte. „Darf ich?", fragte sie und nahm mir das Päckchen ab. „Nun, für mich sieht das aus wie Hackfleisch. Aber um herauszufinden, ob es wirklich welches ist, sollten wir es vielleicht aus seiner Verpackung befreien. Wollen Sie oder soll ich?" Herausfordernd sah sie den Möchtegern-Kapitän an, der empört auf dem Absatz kehrtmachte und Heinrich den Teller mit Käsewürfeln, von denen dieser gerade rundherum anbot, aus der Hand riss. Er ließ sich damit aufs Sofa fallen und begann, sich die Häppchen in den Mund zu schieben, bis Flora sie ihm abnahm.

„Karl-Theodor, mit dir kann man wirklich nirgendwo hingehen", schimpfte sie. Flora sprach mir damit zwar aus der Seele, aber wenn ich mir den herrischen Zug um ihren Mund so ansah …

„Soll ich bei irgendwas behilflich sein?", fragte Carla mich. Sie nahm die Rezeptkarte und las die Zutatenliste vor. Bei „1,8 Kilo", stoppte sie, nahm zwei weitere Päckchen Hackfleisch aus dem Kühlschrank, öffnete alle Verpackungen zu meiner grenzenlosen Erleichterung nahezu geräuschlos und ließ den Inhalt in eine Rührschüssel gleiten.

„So, und wie geht es jetzt weiter?", wollte sie wissen.

Nennen Sie mich jetzt meinetwegen einen eitlen Deppen oder einen Prachtgockel, aber wenn ich den Eindruck bekomme, dass jemand mir den Rang ablaufen will, werde ich nervös. Ich lasse mich nicht gerne klein machen, es sei denn, es gehört zu meinem Auftrag und ich werde dafür bezahlt.

„Danke, ähm …", begann ich und tat so, als müsse ich überlegen. *Ach, ich komme einfach nicht auf Ihren Namen, wie heißen Sie nochmal?* Fieser Trick, ich weiß.

„Carla."

„Danke, Carla, aber ich glaube, ich komme jetzt allein zurecht."

„Das behaupten unsere Starreporter auch immer", bemerkte sie trocken. „Bis dann von irgendwoher ein Selfie kommt, unter dem steht: Kannst du kurz mal rausfinden, wo ich bin und wie weit es noch bis dahin ist, wo ich hinwollte? Ach ja, und wo genau wollte ich noch mal hin? Wenn du zufällig auch gerade eine Story hier in der Nähe coverst, meld dich doch mal, vielleicht können wir später zusammen in die Redaktion fahren …"

Ich musste grinsen. In meinem Bekanntenkreis gab es mittlerweile mehr als genügend gefühlte Leitartikler, die seit Jahren vergeblich auf eine Festanstellung hofften und nach dem dritten Bier über die Rundmails aus der Redaktion jammerten, auf die man in Sekundenschnelle reagieren musste, sonst erhielt ein anderer den Zuschlag. Und die wenigen Aufträge, um die sich viel zu viele kloppten, waren meist nur das, was die angestellten Lohnschreiber übrig gelassen hatten. „Ich sitze doch nicht den ganzen Tag am Computer und kann die ganze Zeit über ein Auge darauf haben, welche Termine noch zu besetzen sind. Früher haben die sich mit mir in Verbindung gesetzt, wenn ein Thema reinkam, von dem sie wussten, da bin ich unschlagbar …" – so oder so ähnlich lautete der Refrain der Klagegesänge.

Carla hatte die Aura einer fest angestellten Redakteurin, die sich an der Börse ebenso auskannte wie im Weinkeller und mit derselben Ernsthaftigkeit über die Eröffnung eines Kiosks wie die einer muslimischen Kindertagesstätte berichtete.

„Für welche Redaktion arbeiten Sie denn?", fragte ich.

„Ich bin Freiberuflerin", erklärte sie und fügte schnell hinzu: „Aber erst seit kurzem. Im Augenblick arbeite ich an dem Projekt *Rhein Main Taste*, einem Lifestyle-Magazin für die Region, mit. Wollen Sie mal die Homepage sehen?"

Ohne eine Antwort abzuwarten, zückte sie ihr Handy aus der Gesäßtasche und tippte darauf herum.

„Bekommen Sie hier eine Verbindung?", fragte ich betont beiläufig.

„Hier unten? Machen Sie Witze? Keine Chance."

Ich versuchte, mir meine Enttäuschung nicht anmerken zu lassen.

„Den Dummy habe ich als PDF-Datei gespeichert. Hier, sehen Sie?", fragte sie und zeigte mir das Display.

„Wegweiser zum Genuss", stand dort in blutroten Lettern auf schwarz-weißem Hintergrund. Sehr stylish, keine Frage, aber irgendwie auch ein bisschen gruselig.

„Ich glaube nicht, dass ich mich wie Ihre Kollegen verirren werde", sagte ich. „Aber für den Fall, dass doch, könnten Sie sich ja vielleicht ein Plätzchen in Rufnähe suchen."

Carla sah mich noch immer zweifelnd an, sagte aber nichts mehr, sondern zuckte mit den Achseln und zog sich in die Sofaecke zurück, wo Yücel sie umgehend in eine angeregte Unterhaltung verstrickte. Es tat mir in der Seele weh, aber in unübersichtlichen Situationen ertrage ich zu viel Nähe nur mit allergrößter Mühe. Das penetrant gut gelaunte Schlagertrio, das abwechselnd durch den Raum flitzte, um etwas von den Zutaten zu stibitzen oder Küchenutensilien zu erbeuten, Fechtkämpfe mit Baguettes auszutragen oder sich von Nancy Rheinhessenwein nachschenken ließ, den sie mit Senf und Tabasco zu scheußlichen Cocktails mischten, machte mich ohnehin schon ganz fipsig. Dass Karl Theodor und sie quer durch den Raum Beleidigungen wie „singende Siebzigerjahre-Tapete" oder „Auslauf-Modell" austauschten, entspannte die Situation auch nicht gerade.

Aus der Hackfleischmasse, die ich inzwischen kräftig gewürzt hatte, formte ich walnussgroße Fleischbällchen und ließ sie in die Pfanne gleiten, sobald das Olivenöl heiß genug geworden war. Als ein Käsewürfel direkt an meiner Schläfe vorbei gesaust kam und in dem heißen Öl landete, platzte mir der Kragen. Wutentbrannt drehte ich mich um und sah die Sangesbrüder einträchtig nebeneinander auf dem Esstisch sitzen. Ihr schrilles Outfit – orangefarbene Schlaghosen und grün-lila Hemden mit einem psychedelischen Muster – ließ sie wie Papageien wirken.

„Hört mal zu, ihr schrägen Vögel …", begann ich.

„Ha! Hab ich doch gesagt, dass du es nicht schaffst, den Dicken abzuwerfen", krähte der extrem hellhäutige Kai alias Kaffee, der eher an das Sahnehäubchen auf einem Espresso erinnerte. Sein Bob war nahezu farblos und ich war mir sicher, dass sich hinter seiner Heino-Brille rote Augen verbargen. Zu Kai hätte der Künstlername Milch viel eher gepasst als zu Mehmet mit seinem schwarzen Stufenschnitt und seiner olivfarbenen Haut. Zorans Haare waren ebenfalls schwarz, aber lockig und sein Teint ließ entweder auf zwei Monate Feldarbeit im Sommer oder vierzehn Tage Solarium schließen. Mit viel Vorstellungsvermögen ließ sich sein Aussehen mit dunklem Rohrzucker in Verbindung bringen, doch wie auch die beiden anderen hatte er seinen Künstlernamen lediglich dem Anfangsbuchstaben seines Vornamens zu verdanken.

„Machs doch selber, wenn dus besser kannst", zischte Mehmet, was Kai sich nicht zweimal sagen ließ.

Der nächste Käsewürfel kam herbeigesaust, doch diesmal fing ich ihn und feuerte ihn zurück.

„Endlich mal was los hier", fand Karl-Theodor und hielt sein Handy auf mich gerichtet, als das Schlaghosen-Geschwader sich auf mich stürzte und mich zu Boden rang.

„Was riechtn hier so komisch?", ertönte Olis nörgelnde Stimme.

Es klang so, als wäre er ganz in meiner Nähe. Viel sehen konnte ich im Augenblick nicht, da Kai, der auf meinen Schienbeinen saß, und Mehmet, der sich quer über meine Brust gelegt hatte, mir den Blick verstellten. Zoran, der meine Handgelenke über meinem Kopf festhielt, ließ plötzlich los und rief: „Oh, Mist, die Klopse sind verbrannt."

Meine Angreifer ließen augenblicklich von mir ab.

„Nichts für ungut, Dickerchen", sagte Kai und streckte mir versöhnlich die Hand hin, um mir aufzuhelfen.

Ich tat so, als hätte ich sie nicht gesehen, rollte mich auf die Seite und stand ohne Hilfe auf. Ich widerstand der Versuchung, Karl-Theodor sein Handy aus der Hand zu schlagen, das noch immer auf mich gerichtet war, und Yücel eine reinzuhauen, der zusammen mit Oli vor der Theke saß und fasziniert in die Pfanne starrte, in der die Fleischbällchen vor sich hinschmorten.

„Danke für gar nichts", fauchte ich. „Hat es Spaß gemacht, zuzugucken, wie ich vermöbelt werde?"

„Ach, die Milchbubis ..." Yücel machte eine wegwerfende Handbewegung. „Die wollten sowieso nur spielen."

„Dann hättest du wenigstens das arme, unschuldige Essen retten können", beharrte ich und nahm die Pfanne vom Herd.

„Ich hatte gehofft, dass der verbrannte Geruch unseren Starkoch aus seinem Versteck hervorlocken würde. Jeden Küchenchef, der etwas auf sich hält, hätte das eigentlich sofort auf den Plan rufen müssen", erklärte Yücel und es klang, als meinte er das durchaus nicht nur spaßig.

„Das kann man ja nicht mit ansehen", rief Kathrin, die

soeben aus der Backstage-Küche kam. Sie nahm mir die Pfanne ab und drückte mir stattdessen eine andere mit zwei Dutzend perfekt goldbraun gebratenen Fleischbällchen in die Hand. „Sieh zu, dass das fertig wird", zischte sie, bevor sie noch mal hinter den Kulissen verschwand, um den ersten Versuch zu entsorgen. Ich gab die Bällchen in die vorbereitete Tomatensoße.

Schnell warf ich einen Blick auf die Rezeptkarte. „Bällchen und Soße in einer Keramikschüssel anrichten und mit der restlichen Petersilie bestreuen", stand dort als letzte Anweisung. Ah, ich hatte die Petersilie komplett aufgebraucht. Nun gut, es würde auch ohne gehen. Ich sah in die Runde und hatte als erstes mit Carla Blickkonakt. „Wäre es möglich, nach einer Keramikschüssel zu suchen?" Eine direkte Anrede vermied ich ganz bewusst, denn Kathrins plötzliche Duzerei hatte mich verunsichert.

Der Trend ging, wenn man der Wochenendbeilage unserer Tageszeitung glauben durfte, eher wieder dahin, dass man sich bei Events wie diesem zwar mit Vornamen ansprach, die Höflichkeitsform aber beibehielt. Vielleicht, dachte ich, wollte Kathrin mich einfach nur verwirren oder auf meinen Platz verweisen. Einen gewissen Hang zu „Miss Superwichtig"-Gehabe mit ihren Geheimrezepten und Insiderkenntnissen, die sie durchblicken ließ, hatte sie schließlich schon. Womöglich war ich aber auch einfach nur nicht über die aktuell gültigen Gepflogenheiten bei solchen Veranstaltungen auf dem Laufenden.

„Wäre es", gab Carla amüsiert zurück, schnipste einmal mit den Fingern und schon stand Heinrich mit dem gewünschten Behältnis vor mir. „Ich dachte mir, von einem Mann lassen Sie sich vielleicht lieber helfen."

„Ich glaub, mir wird irgendwie so … Ich weiß auch nicht",

machte sich plötzlich wieder Oli bemerkbar. Er hielt den Rand der Theke mit beiden Händen fest umklammert, um nicht von seinem Barhocker zu fallen, und hielt den Blick auf Heinrich gerichtet, der dabei war, die Fleischklöße mit der Soße in die Keramikschüssel umzufüllen. Olis aschfahle Gesichtsfarbe verhieß nichts Gutes. Yücel begriff sofort.

„Den lege ich jetzt besser mal drüben in der Sofaecke ab", erklärte er, fasste Oli am Arm und half ihm auf die Füße. „Bevor er dir noch in die Pfanne kotzt."

„Eine ganz ausgezeichnete Idee!", rief Kathrin ihm hinterher. „Aber bitte nicht zu lange trödeln. Ich kann jetzt jede Hilfe gebrauchen."

„Das sollte sich machen lassen", gab Yücel gelassen zurück. Kaum hatte er die Worte ausgesprochen, tätschelte er Olis Hand und sagte: „Und wir beide gehen jetzt mal schön langsam und gemütlich da rüber, nicht wahr? Wir werden uns doch nicht etwa hetzen lassen, oder? Für wahre Genießer wie uns ist so was Gift, stimmts?"

Oli gab irgendwelche Laute von sich, die wohl Zustimmung ausdrücken sollten.

„Wenn wir Glück haben, ist mein Freund spätestens morgen früh wieder zurück", versuchte ich einen Scherz.

„Was soll daran Glück sein?", fragte Kathrin und ihre Stimme ließ vermuten, dass sie not amused war. Sie war sogar richtiggehend sauer, wie sich im nächsten Moment herausstellte.

„Was ist das?", wollte sie von Nancy wissen, die bereits die ersten drei Gläser auf dem Tablett mit Sekt gefüllt hatte.

„Riesling."

Kathrin riss ihr die Flasche aus der Hand und leerte den Rest des Inhalts in die Spüle. Für einen Moment dachte ich, Nancy würde vor Entsetzen ohnmächtig werden.

„Wir sind hier nicht beim Landfrauenkongress", erklärte Kathrin mit mühsam unterdrücktem Zorn. Sie nahm zwei Flaschen Agusti Torelló Mata Rosat Trepat, eine trockene Rosé-Cava, aus dem Kühlschrank. „Nimm den", befahl sie Nancy und drehte ihr den Rücken zu. Die Sommelière, offenbar noch immer unter Schock, starrte auf die Gläser mit dem Riesling. Doch dann löste sich ihre Starre und sie trank sie nacheinander bis auf den letzten Tropfen aus, bevor sie aus Kathrins Flasche nachschenkte.

Luise und Heinrich hatten gemeinsam damit begonnen, den Tisch zu decken. Sie waren auch hierbei ein eingespieltes Team. Während Heinrich die Teller in gleichmäßigen Abständen platzierte, legte seine Frau das Besteck bereit. Die Jungs vom Schlagertrio falteten andächtig die weißen Papierservietten zu kunstvollen Fächern und Blumen und verteilten sie auf die Plätze. Karl-Theodor beobachtete das Geschehen mit belustigtem Gesichtsausdruck; Flora ließ sich immerhin dazu herab, dann und wann eine Gabel oder ein Messer geradezurücken, wenn sie fand, dass die nicht in Reih und Glied lagen. Carla sah kurz nach Oli, der wieder in der Sofaecke schlief, wechselte ein paar Worte mit Yücel, der neben ihm saß und in einem Anzeigenblatt blätterte, das er irgendwo gefunden hatte. Dann kam sie wieder zu uns zurück.

„Dem Patienten geht es so weit gut", sagte sie lächelnd. „Sein Betreuer möchte noch ein paar Minuten an seiner Seite bleiben, dann wird er sich gerne zu uns gesellen."

„Kann sein, dass wir gut darauf verzichten können", entfuhr es Kathrin. „Ich möchte mal wissen, was manche Männer sich einbilden."

„Na ja, seien Sie besser nicht zu hart mit ihm", entgegnete Carla. „Immerhin macht er uns nichts vor und versucht nicht, sich als patenter Allrounder zu präsentieren."

Ob das mir galt? Aus den Augenwinkeln sah ich, wie Kathrin ruckartig den Kopf hob. Sie schien sich ebenfalls angesprochen zu fühlen. Geräuschvoll sog sie die Luft ein und ich fürchtete mich schon jetzt vor der Lautstärke, in der sie ihre Sicht der Dinge sicherlich gleich vortragen würde.

„Kanns losgehen?", ertönte plötzlich Yücels gut gelaunte Stimme.

Wo kam der denn jetzt auf einmal her? Ich drehte mich nach Oli um und sah, dass nun Nancy bei ihm Wache hielt. Sie warf mir einen nachdenklichen Blick zu. Irgendwie irritierte mich das.

„Wenn sich vorher noch jemand bequemt, den Schinken zu holen", entgegnete Kathrin scharf.

Mein Freund war da offensichtlich ganz zuversichtlich. „Es wird sich bestimmt ein Freiwilliger finden", sagte er nur und sah mich aufmunternd an.

Kathrin und Carla brachen gleichzeitig in Gelächter aus. Immerhin war nun die Gefahr gebannt, dass die beiden einander an die Gurgel gehen würden. Auch wenn der Waffenstillstand auf meine Kosten zustande gekommen war - mir sollte es recht sein. „Pass bloß auf, dass du dich nicht irgendwann mal überarbeitest", knurrte ich, als ich an Yücel vorbei in Richtung Kühlkammer ging.

„Ja, so was ist schnell passiert – da schaffst und schaffst du und merkst gar nicht, dass du immer nur rackerst, bis es eines Tages zu viel wird und du einfach umfällst. Zack, bumm, tot …"

Ich stellte meine Ohren auf Durchzug. Wenn Yücel erst einmal in Fahrt gekommen war, half oft nur das. Dass er redete wie ein Wasserfall, war selbst in der Backstage-Küche noch zu hören, wenn auch so gedämpft, dass man glücklicherweise nicht mehr hörte, was er sagte. Absurde Situation, das Ganze. Nur nicht drüber nachdenken. So, weswegen war ich noch mal gekommen? Schinken, richtig … Ich sah mich um, hier war er nicht und ich ging wieder raus.

Links hinten führte eine blaue Tür, von der die Farbe abzublättern begonnen hatte, der weißen Aufschrift nach zum Kühlraum. Kennen Sie dieses Gefühl? Man will eine Tür aufmachen, hat die Klinke schon in der Hand, und plötzlich ist man wie gelähmt. Oder man hat den Brieföffner schon unter die Lasche des Umschlags geschoben und aus heiterem Himmel taucht die Frage auf „Und was ist, wenn ich gar nicht wissen will, was in diesem Brief steht?"

„Trauen Sie sich nicht rein?", fragte Carla, die mir offenbar gefolgt war. „Ich kann den Schinken gerne holen." Ihre Hand lag bereits auf der Klinke.

„Lassen Sie mal, das mache lieber ich. Bleiben Sie bitte besser hier, ja? Nur für den Fall, dass unsere drei Horror-Clowns auf die Idee kommen, uns hier einzusperren", sagte ich und schob sie sanft zur Seite.

„Wow, das nenne ich mal eine verantwortungsvolle Aufgabe", gab Carla spöttisch zurück. „Sind Sie sicher, dass das nicht viel zu gefährlich für mich ist?"

Nein, das war ich mir, ehrlich gesagt, nicht. Es wäre mir auch lieber gewesen, wenn ich Yücel bei mir gehabt hätte, aber irgendwie schien der heute seinem eigenen Programm zu folgen.

Carla hob beschwichtigend die Hände. „Okay, okay, ich halte hier die Stellung. Und falls Sie mich brauchen sollten …"

„… *Du weißt doch, wie man pfeift, oder, Steve?*", ergänzte ich in Gedanken und gab mich für einen winzigen Moment dem Humphrey-Bogart-Feeling hin.[2] Dann drückte ich die Tür

---

[2] *„Haben oder Nichthaben"*, Film von 1944 mit Humphrey Bogart

auf. Klirrende Kälte schlug mir entgegen und der Temperaturwechsel ließ mich für einen kurzen Moment um Luft ringen.

Der Lichtschalter befand sich auf Schulterhöhe links neben der Tür. Ich drückte drauf und spürte ein leichtes Ziehen in meinem Finger, während eine Glühbirne aufflackerte – und wieder erlosch. Soll ich nochmal draufdrücken und einen elektrischen Schlag riskieren? Oder einen Kurzschluss, der uns hier, tief unter der Erde, endgültig die Stromversorgung kappt? Adler oder Suppenhuhn – es gibt Momente im Leben, da muss man sich entscheiden.

„Adler!" Ich sprach mir selbst Mut zu und drückte drauf. Das Licht flackerte kurz auf. „Adler habe ich gesagt, verdammt noch mal!", knurrte ich und versuchte es erneut. Diesmal blieb das Licht an. „Na bitte, geht doch …"

Derart motiviert begab ich mich auf Erkundungstour. Im schummerigen Licht der Glühbirne, die immerhin weiterleuchtete, arbeitete ich mich durch die neblige Eiseskälte, vorbei an riesigen rollbaren Metallkisten und dicht an dicht wie auf dem Kleiderständer einer Boutique sorgsam aufgereihten Schweinehälften, um in die Ecke zu gelangen, in der ich von den Umrissen her einen Schinken erkannt zu haben glaubte. Ich kam näher und sah, dass ich recht hatte.

„Heureka!", rief ich und streckte die Hand nach dem Schinken aus, doch der hing zu hoch, als dass ich ihn hätte greifen können. Ich überlegte schon, ob ich es wie in der Fabel mit dem Fuchs und den für ihn unerreichbaren Trauben machen sollte, schnell wieder ins Warme zurückzukehren und behaupten, die Trauben seien sowieso zu süß (beziehungsweise der Schinken zu salzig). Doch dann gab ich mir einen Ruck und sprang, bevor ich endgültig festfror, auf die nächstbeste Kühltruhe. Von dort aus trennte mich nur noch eine sprichwörtliche Armlänge von der Erledigung meines Auftrags. Doch bevor ich den Schinken vom Haken nehmen konnte, fiel mein Blick auf den Nachbarhaken – und traf dort den eines Augenpaares. Eines starren, menschlichen Augenpaares. Es gehörte, das konnte ich trotz des schummerigen Lichts und der fortschreitenden Kältestarre erkennen, zu einem Mann, der der Kleidung nach zu Lebzeiten Koch gewesen sein musste. Jemand hatte ihn nach allen Regeln der Kunst mit dem Genick an einen der Haken gehängt, dessen Spitze auf der anderen Halsseite wieder hervortrat.

Obwohl mir jede Erinnerung daran fehlt, muss ich wohl geschrien haben, denn ich war ziemlich bald nicht mehr allein mit meinem grausigen Fund.

„Scheiße! Ruft einen Krankenwagen, schnell!", brüllte jemand.

„Milch im Kühlhaus, wie passend", war alles, was ich denken konnte, als ich Mehmet erkannte.

Flora kam herbeigestürmt. „Yos-si!" entfuhr es ihr.

Luise, die zusammen mit Carla hereingekommen war, stieß den ersten Schrei aus, als ihr Blick auf die Leiche fiel und dann einen zweiten, als sie sah, dass Karl-Theodor ganz offenbar mit seinem Handy filmte.

„Junger Mann, ich hoffe, Sie haben nicht vor, das herumzuschicken", fuhr sie ihn an.

„Ein Hinweis an die Polizei könnte schon ganz hilfreich sein", bemerkte Carla sachlich.

Karl-Theodor zuckte mit den Achseln. „Hab keine Verbindung hier unten."

„Wird das heute noch mal was mit dem Schinken?"

Kathrins energische Stimme holte mich in die Gegenwart zurück. „Was ist hier los? Volksversamml… Oh nein, das ist Hajo Tewang, oder?"

Ihre farbenfrohe Kleidung trotzte der funzeligen Beleuchtung und es irritierte mich, dass das leuchtende Gelb ihres T-Shirts in diesem Ambiente selbst Mehmets Papagei-en-Kombination in den Schatten stellte. Es dauerte einen kleinen Moment, bis ich mich wieder gesammelt hatte und einen Blick auf die Leiche werfen konnte.

Richtig, Hajo Tewang. Deutschlands aufgeregtester Fernsehkoch, der sich permanent der Doppelbelastung aussetzte, am laufenden Band schlechte Witze zu erzählen und als Einziger darüber zu lachen. Zum ersten Mal zog ich heute in Betracht, dass ich ihm gegenüber vielleicht etwas ungerecht sein mochte.

Meine Frau Susanne, die vor unserer gemeinsamen Zeit als Redakteurin beim ZDF gearbeitet hatte, hatte mir schon öfter die Leviten gelesen, weil sie ihrer Ansicht nach mit Tewang und seinesgleichen zu hart ins Gericht ging. „Denk dran, der Mann ist in erster Linie Koch, nicht Entertainer", hatte sie gesagt, bevor sie das erste Mal in zu einem Kurzvortrag angesetzt hatte. „Er muss sein Handwerk beherrschen, gleichzeitig aber auch die Massen bei Laune halten, die stets das Neue, noch nie Dagewesene von ihm serviert bekommen wollen. Egal, wie innovativ – schmecken muss es natürlich trotzdem. Manchmal ist das nicht von Anfang an der Fall. Das ist die gefährliche Phase, in der er unter allen Umständen verhindern muss, dass irgendjemand ‚igitt' ruft oder auch nur das Gesicht verzieht. Er begleitet jeden Bissen und erzählt den Leuten, was sie schmecken, während sie kauen, bis sie seinen Worten mehr Glauben schenken als ihrem eigenen Gaumen und der erste ein befreiendes ‚Fantas-tisch' in die Kamera haucht. Ist das erreicht, muss er sich schleunigst auf die Suche nach dem nächsten Trend machen, bevor ihm jemand zuvorkommt."

Meine Frau hatte ja absolut recht. Der Tapas-Hype war eigentlich schon vorbei und wenn er in Möbelhäusern noch eine Weile am Leben erhalten wurde, war das der Nachklapp, der notwendig war, um im Geschäft zu bleiben und keine Verluste einzufahren.

Wo war eigentlich Yücel? Na klar, der hatte wieder einmal überhaupt nichts mitbekommen. Ich bat Carla, ihn zu holen. Diesmal folgte sie meiner Bitte schnörkellos und verzichtete auf weitere bissige Bemerkungen.

Luise war damit beschäftigt, Flora zu beruhigen und hatte alle Hände voll damit zu tun. Noch immer auf der Kiste stehend, merkte ich, dass meine Bewegungsstarre sich allmählich löste. Die offen stehende Tür hatte vermutlich dafür gesorgt, dass die Temperatur gestiegen war. Es wirkte schon nicht mehr gar so nebelverhangen hier. Ich fragte mich, was wir tun sollten. Als Erstes vermutlich alle von diesem schrecklichen Anblick befreien und die Leiche vom Haken nehmen. „Kannst du mir mal eben helfen, ihn abzuhängen?", fragte ich Mehmet alias Milch, der augenblicklich die Gesichtsfarbe wechselte (irgendwas im Grünbereich) und fluchtartig aus dem Raum stolperte.

Kathrin stieg zu mir auf die Truhe. Sie hatte irgendwo ein Seil gefunden, das sie jetzt in der Hand hielt und um Tewangs Oberkörper schlang. Danach warf sie das lose Ende über die Stange, an der der Haken befestigt war, griff danach und drückte es mir in die Hand.

„Ich versuche, ihn vom Haken zu kriegen und dann lässt du ihn ganz langsam am Seil auf den Boden runter, okay?"

Ohne eine Antwort abzuwarten, sprang Kathrin von der Truhe, umschlang die Knie des Toten und hob ihn ein wenig an, sodass der Haken ein Stück nach hinten rutschte.

„Zieh!", befal sie und ich zog so lange an der Schnur, bis

das Metall sich aus seinem Hals gelöst hatte. Dann ließ ich ihn langsam nach unten.

„Am besten legen wir ihn hier drauf", entschied Kathrin und tippte auf die Truhe. „Bist du so weit?"

„Sollten wir nicht besser warten, bis die Polizei da ist?", unternahm ich einen schwachen Versuch, aus dem Horrorszenario auszusteigen. Von meinem Kumpel, Kriminaloberkommissar Bernd Hellmann, wusste ich natürlich, dass ein Tatort unter keinen Umständen verändert werden durfte, weil man sonst wichtige Spuren verwischte.

„Blitzmerker", fauchte Kathrin und verdrehte die Augen. „Wird's bald?".

Sie hatte Tewang bereits an den Fußgelenken gepackt, also blieb mir nicht viel anderes übrig, als ihm unter die Arme zu greifen, um ihn vom Boden wegzubekommen. Instinktiv versuchte ich zu vermeiden, dass Blut auf mein Hemd kam.

Yücel kam mit Carla herein, warf einen kurzen Blick auf die Leiche und einen langen, der von einem missbilligenden Stirnrunzeln begleitet wurde, auf mich. Doch noch bevor er etwas sagen konnte, meldete sich Karl-Theodor wieder zu Wort: „Nicht schlecht, die Fesselspiele, oder?", fragte er und schwenkte sein Handy.

„Darf ich mal?", fragte Yücel und streckte die Hand aus.

„Natürlich, bitte sehr", gab Karl-Theodor gönnerhaft zurück. Gespannt beobachtete er Yücel, der sich das Video ansah. Mehrmals. Als er beim dritten Mal noch immer nichts gesagt hatte, wurde der Kapitän des Grauens ungeduldig. „Und, wie finden Sie es?", fragte er schließlich.

„Fürn Gaffer-Film geht es, nehme ich an", entgegnete Yücel nüchtern. Das Handy warf er achtlos über die Schulter.

8

Der Anblick des fremden Toten hatte ihr einen Stich versetzt. Die Art und Weise, wie er zugerichtet worden war, sprach dafür, dass der Täter eine Botschaft mit seiner Tat verband, die nicht allein dem Opfer galt. Wem noch? Ihr selbst wohl kaum, denn ihre Anwesenheit heute war ja überhaupt nicht vorgesehen gewesen. Sie war weder abergläubisch noch narzisstisch genug, um zu glauben, dass alles, was geschah, irgend-etwas mit ihr zu tun haben, eine Lehre oder einen Fingerzeig für sie beinhalten musste. Im Gegensatz zu vielen ihrer Kollegen schöpfte sie ihre Daseinsberechtigung nicht daraus, sich das Leid anderer zu eigen zu machen, um dann ihren Kummer in Alkohol ertränken oder bei Yoga-Übungen weglächeln zu können. Sie brauchte weder fürs Trinken noch fürs Turnen einen Vorwand.

Sie hatte keinerlei persönlichen Bezug zu dem Toten, dessen Gesichts-züge ihr lediglich aufgrund seiner Medienpräsenz nicht ganz unvertraut waren. Es gab niemanden, an den er sie sonst erinnerte, weder im Leben noch im Tod. Für alle anderen, die ihrer jeweiligen, offensichtlich sehr individuell abgefassten Einladung zur heutigen Veranstaltung gefolgt waren, schien es zumindest Berührungspunkte zu geben. Irgendjemand musste sich etwas dabei gedacht haben, derart unterschiedliche Leute an einem entlegenen Ort festzusetzen und aufeinander loszulassen. Es schien so etwas wie einen Masterplan zu geben. Nur so ließ sich die Zusammenstellung der Gästeliste erklären.

Wer immer die Fäden im Hintergrund zog, hatte offenbar genau gewusst, wer wie zu ködern war und musste von allen als vertrauens-würdig eingestuft worden sein. Sonst hätte sich niemand in Zusammen-hänge hineinbegeben, bei denen das Risiko bestand, für längere Zeit nicht erreichbar zu sein. Ihren Schülern wäre das niemals passiert. Bei aller Sehnsucht nach Ruhe, die auch junge Menschen gelegentlich verspürten — bevor sie sich tatsächlich physisch aus ihrer vertrauten Umgebung herausbegaben, informierten sie sich zunächst einmal aus-führlich über den Handyempfang an ihrem potenziellen Zielort. War der nicht gewährleistet, konnte es gut sein, dass sie mit ihrer Planung für den Wandertag oder für Klassenfahrten wieder bei null anfingen.

Natürlich hatte hier unten keines der Handys funktioniert. Von hier unten aus konnten sie sich tatsächlich nicht bemerkbar machen, das hatte sie gerade ausprobiert, also würde jemand mit dem Fahrstuhl nach oben fahren müssen und zusehen, dass er dort eine Verbindung zustande bekam. Und wenn das nicht klappte, gab es immer noch die Möglichkeit, ins Auto zu steigen und direkt bei der nächsten Polizeistation vorbeizufahren. Sie stellte sich vor, welche Wirkung es auf die Beamten im 1-A-Landei-Revier haben würde, wenn er in seinem Smoking dort aufkreuzen und die Situation zu erklären versuchen würde. Dabei musste sie unwillkürlich schmunzeln. Vielleicht sollte sie anbieten, ihn zu begleiten, um unnötige Fragen zu vermeiden. Sie sah eindeutig passender gekleidet aus für ein „Cooking Event" als jemand, der sich für die Oper oder für seine eigene Beerdigung angezogen zu haben schien … Für seine eigene Beerdigung … Ihr Lächeln erstarb augenblicklich.

Und wenn genau das der Grund für sein Hiersein war? Wenn er sterben sollte? Abtreten von der Bühne des Lebens in einem lächerlichen Kostüm?

Je länger sie darüber nachdachte, desto sicherer war sie sich, dass diese ganze Inszenierung einzig und allein ihm galt.

Der Fernsehkoch war möglicherweise erst der Anfang gewesen. Oder ein Kollateralschaden.

In diesem Fall war überhaupt nicht daran zu denken, dass sie im Moment auch nur den Hauch einer Möglichkeit hatten, diesen Keller zu verlassen. Wer immer es auf ihn abgesehen hatte, befand sich höchstwahrscheinlich mitten unter ihnen und würde zu verhindern wissen, dass jemand Hilfe holte. Auch wenn ihre Vermutungen Anlass zur Sorge gaben, verspürte sie so gut wie keine Angst. Es war eher so eine Art wohliger Schauer, der im Gegenteil dazu führte, dass ihre Lebensgeister sich wieder regten. Nur ihn würde es vermutlich aus dem

Konzept bringen, wenn er davon Wind bekam. Dass jemand einen persönlichen Groll gegen ihn hegen könnte, war für ihn nur sehr schwer auszuhalten und konnte dazu führen, dass er nicht professionell agierte. Sie nahm an und hoffte, dass er die Ermittlungen aufnehmen würde. Ihre Befürchtung, dass er womöglich ganz oben auf der Liste des Mörders stand, würde sie so lange wie möglich von ihm fernzuhalten versuchen. Nur so konnte sie verhindern, dass ihre Chance, früher oder später mit ihm zusammenzufinden, gefährdet würde.

9.

„Ist dir klar, was du hier von mir verlangst?", zischte Yücel mir zu, während er sich über Tewangs Leiche beugte. „Mann, ich will *Zahnarzt* werden, nicht Pathologe. Meine Kenntnisse reichen gerade mal, um das festzustellen, was sowieso jedem klar ist: Schlag auf den Kopf mit einem stumpfen Gegenstand und aufgespießt auf einen Fleischerhaken."

Ich konnte ihn ja verstehen, aber mein Instinkt sagte mir, dass wir vermutlich nicht allzu schnell aus dieser Situation herauskommen würden. Jemand hatte sich alle Mühe gegeben, uns in eine Falle zu locken, und da saßen wir, dessen war ich mir sicher, auf unbestimmte Zeit fest. Das Schlimmste, das man tun konnte, war, sich in sein Schicksal zu fügen und die Ausweglosigkeit zu akzeptieren. Wir mussten versuchen, die Ermittlungen an uns zu ziehen – ich als Sherlock Holmes, Yücel als Dr. Watson. Nur so hatten wir eine Chance, die Zeit zu überstehen, bis die Polizei kommen und uns retten würde. Susanne und ich hatten Vorkehrungen getroffen, die für Einsätze wie für private Termine galten. Wenn sich der andere zum vereinbarten Zeitpunkt nicht meldete, warteten wir exakt weitere neunzig Minuten, dann versuchten wir, ihn zunächst mit den Mitteln unserer Detektei aufzuspüren und wenn das nicht gelang, alarmierten wir unseren Freund Bernd Hellmann, den Mainzer Kriminaloberkommissar unseres Vertrauens. Bislang waren unsere Bordmittel ausreichend gewesen, doch ich bezweifelte, dass das heute auch der Fall sein würde, wenn um halb eins der Startschuss für die Suche nach uns fiel.

„Der Fahrstuhl funktioniert nicht!", hörte ich Kathrin von der Küche her rufen. Einen Augenblick später stand sie im Türrahmen. Neben ihr tauchte ein schwarzer Lockenkopf auf. Klaus! „Der ist so was von im Arsch", erklärte der Doorman, der sich nun plötzlich gar nicht mehr so gewählt ausdrückte. Hatte der nicht schon vor Stunden gehen wollen? Warum machte er sich erst jetzt bemerkbar? Als ob er meine Gedanken erraten hatte, legte Klaus nach: „Ich hab die ganze Zeit über in diesem Scheißding festgesessen. Der Notruf funktioniert nicht und die Tür habe ich von innen auch nicht aufgekriegt. Wenn die junge Frau hier nicht gewesen wäre", schloss er und zeigte auf Kathrin, „hätte ich mir die Fäuste weiterhin blutig schlagen können."

Von außen hatte sich die Fahrstuhltür also öffnen lassen, dachte ich und beschloss, mir das gleich einmal näher anzusehen. Von der Küche her hörte ich aufgeregte Stimmen. Natürlich, spätestens jetzt war allen – außer Oli, der immer noch schlief – klar, dass wir es erstens mit einem Mord zu tun hatten und zweitens ein paar Meter unter der Erde ohne jeglichen Kontakt zur Außenwelt festsaßen. Wenn jetzt nur keine Panik ausbrach.

Klaus starrte auf den Verblichenen und begann zu würgen. Kathrin hielt ihm geistesgegenwärtig eine Schüssel hin,

„Noch ein Toter?", ertönte Karl-Theodors Stimme. Verdammt, den konnten wir jetzt hier überhaupt nicht gebrauchen. „Hat man so was schon mal gesehen? Ein Türsteher, der reihert", bemerkte der Möchtegernkapitän spöttisch. „Junger Mann, haben Sie in Ihrer Zuhälterschmiede denn nicht gelernt, wie man sich in solchen Situationen angemessen verhält?"

Flora, die unbemerkt näher gekommen war, herrschte ihn an: „Du bist widerlich. Halt doch einfach den Mund."

Als nun auch noch Nancy im Türrahmen auftauchte, verlor Yücel endgültig die Geduld: „Herrschaften, ich bitte alle, die keine medizinischen Kenntnisse haben und mir hier assistieren könnten, in die Küche zu gehen und Ruhe zu bewahren."

„Hört, hört – der Kaufhausdetektiv will sich wichtigmachen", höhnte Karl-Theodor. Obwohl sein Handy heil geblieben war, schien er meinem Freund die wegwerfende Geste nicht verziehen zu haben. „Wer sagt uns denn, dass du den Pfannenschwenker da nicht erschossen hast?"

„Der gesunde Menschenverstand", entgegnete Yücel trocken. „Hätte ich ihn erschossen, dann müssten da jetzt irgendwo ein paar Kugeln zu finden sein, oder?"

Für den Bruchteil einer Sekunde sah es so aus, als wollte Karl-Theodor auf meinen Freund losgehen, doch dann schaltete sich Luise ein: „Vielleicht kann ich mich nützlich machen", sagte sie. „Ich bin zwar kein Mediziner, so wie Sie, und es ist schon eine Weile her, dass ich als Krankenschwester gearbeitet habe. Aber mein Mann und ich machen regelmäßig Auffrischungskurse in Erster Hilfe bei den Maltesern. Reicht das?"

„Vollauf", sagte Yücel und bedeutete uns anderen mit einer Handbewegung, dass wir uns verziehen sollten. Dass Luise ihn als „Mediziner" eingeführt hatte, verlieh ihm offenbar eine gewisse Autorität, denn alle verließen unverzüglich den Kühlraum. In der Küche nahmen wir – mit Ausnahme von Oli, der immer noch schlief – am Tisch Platz. Ich setzte mich ans Kopfende (also dorthin, wo bei einer Tafel in herkömmlicher Form ein Kopfende gewesen wäre, an die linke Seite der Halbkreisöffnung, von wo aus ich mich im Spiegel bewundern konnte) und wollte gerade die Besprechung eröffnen, als Carla mir in die Parade fuhr. „Liebe Mitgefangene, wie es aussieht, befinden wir uns in einer äußerst misslichen Lage", fasste sie die Situation knapp zusammen und schlug ein Notizbuch auf. „Halten wir also fest: Vierzehn

Leute, die zu einem Kochevent bestellt worden waren, haben sich hier eingefunden und vergeblich auf den Hauptakteur, von dem sie nicht wussten, um wen es sich handelt, gewartet. Ist das so weit richtig?"

Als Antwort gab es ringsum Achselzucken, verhaltenes Nicken, vereinzelt auch Brummen, das wie eine Zustimmung klang.

„Gut, das hätten wir also." Carla notierte sich ein paar Stichworte, bevor sie fortfuhr: „Da der Betreffende nicht auftauchte, wurden die Gäste schließlich selbst aktiv. Kathrin, die sich hier offenbar auskennt, ergriff die Initiative und wies Alex so gründlich ein, dass die beiden innerhalb kürzester Zeit perfekt am Herd harmonierten, als hätten sie niemals etwas anderes getan als zusammen zu kochen. Stimmt das in etwa?"

Kathrin warf mir einen verwirrten Blick zu und ich begriff, dass ich den entscheidenden Moment, die Ermittlungen an mich zu ziehen, verpasst hatte. Ich musste Carla wohl oder übel vorerst gewähren lassen. „Kann man so sehen", sagte ich, worauf wieder ein paar Notizen folgten, bevor es weiterging. „Nancy, die allen ihren mitgebrachten Wein unterjubeln wollte, und Chili-Oli mussten ein wenig beaufsichtigt werden; diese Aufgabe hat dann Yücel übernommen. Karl-Theodor war derweil vollauf damit beschäftigt, abwechselnd mit seiner Frau und den drei Bewahrern des deutschen Liedgutes zu diskutieren, während Luise und Heinrich der ruhende Pol waren."

„Also, das ist doch wohl …", begann Karl-Theodor empört, doch Flora stieß ihn so energisch mit dem Ellenbogen in die Seite, dass er augenblicklich verstummte.

„Dann hat Alex den toten Koch im Kühlhaus entdeckt, es handelt sich dabei um Hajo Tewang. Er wurde offenbar ermordet. Der zweite Detektiv ist eigentlich Mediziner oder verfügt zumindest über fortgeschrittene medizinische Kenntnisse und untersucht gerade mit Luise, einer ehemaligen Krankenschwester, den Leichnam. Wir haben festgestellt, dass wir weder nach draußen telefonieren noch das Gebäude verlassen können und der Herr vom Sicherheitsdienst ist auch noch da", schloss Carla ihre Ausführungen. „Habe ich irgendwas vergessen?"

„Ja!", rief Kathrin. „Dich."

Da war sie wieder, die unter Amateurköchen so gar nicht übliche Duzerei. Die war nur unter Profis am Herd gang und gäbe. Oder bei den Beteiligten einer Fernsehproduktion, wie ich dank meiner wiederholten Ermittlungen in diesem Umfeld wusste. Da konnte es schon mal vorkommen, dass der Kameramann dem Interviewpartner im Studio zurief: „Hey, Professor auf dem Stuhl links außen, zieh mal deine Socken hoch, sonst kennen die Zuschauer später die Farbe deiner Beinbehaarung."

Carla hatte gerade ganz nebenbei ein paar Dinge erwähnt, die mir auch schon aufgefallen waren, die ich jetzt aber lieber noch nicht offen ausgesprochen hätte. Zum einen erschwerte es die Ermittlungen, wenn alle zu gut Bescheid wussten, zum anderen war es mir ganz im Gegensatz zu der geübten Journalistin auch noch nicht gelungen, auf die Schnelle Struktur in meine Beobachtungen zu bekommen. Dass ich es nicht leiden kann, wenn man versucht, mir den Rang abzulaufen, habe ich schon erwähnt, oder? Trotzdem schämte ich mich dafür, als ich bei mir mehr als nur einen Anflug von Neid entdeckte.

„Kathrin hat recht", warf ich ein und sah Carla in die Augen. Ihre leicht spöttisch hochgezogenen Augenbrauen irritierten mich zwar, doch ich blieb standhaft. „Du hast jeden von uns mit einer kleinen, persönlichen Bemerkung bedacht, aber bei dir ist es so, als wärest du gar nicht dabei gewesen."

„Ach so", sagte Carla. „Das ist wohl so etwas wie eine Berufskrankheit – ich beobachte und halte fest, was mir auffällt. Mich selber sehe ich dabei natürlich nicht. Ich wüsste auch gar nicht, was ich hier hätte erwähnen können."

„Dass eigentlich du es warst, die die Tür zum Kühlraum aufmachen wollte, dann aber doch mir den Vortritt gelassen hat", sagte ich. „So als wüsstest du, was dich dahinter erwartet."

Carla wurde blass und ich wünschte augenblicklich, ich hätte meine Worte zurückholen können. „Das wusste ich nicht", sagte sie tonlos.

„Natürlich nicht", beeilte Nancy sich zu sagen. „Einen Schluck Wein?", fragte sie, offenbar wieder ganz im Weinmajestäten-Modus. Ohne eine Antwort abzuwarten, schob sie Carla ein Glas hin und füllte es bis zum Rand mit Rotwein. Carla griff danach und stürzte es herunter. Als Nancy nachfüllte, schielte ich auf das Etikett und vermied es anschließend tunlichst, Kathrin in die Augen zu sehen.

Carla unternahm einen letzten, wenngleich schwachen Versuch, die Fäden in der Hand zu behalten: „Wir müssen herausfinden, warum wir hierher gelockt wurden", begann sie. „Es wäre sinnvoll, wenn ich nacheinander mit jedem rede und mir Notizen mache …"

„Kommt gar nicht infrage!", brüllte Karl-Theodor und schlug mit der flachen Hand auf den Tisch. „Das wäre ja noch schöner – uns von einer Sensationsreporterin aushorchen zu lassen. Und später finden wir uns dann wahrscheinlich alle in der Zeitung wieder mit Sachen, die wir nie gesagt haben."

„Das hättest du wohl gerne", fauchte Flora.

„Oh, da kommen die Mediziner", sagte Zoran schnell.

Luise ließ sich neben ihrem Mann auf einen Stuhl fallen und griff nach seiner Hand. Ihr Blick war sorgenvoll. Yücel stellte sich hinter Carla und warf ganz offen einen Blick in ihr Notizbuch. Die drehte sich zu ihm um, als sie es bemerkte.

„Ist der Fundort der Tatort?", wollte sie wissen.

Yücel nickte.

„Er wurde also da drüben ermordet", hielt Carla fest. „Und wie lange ist das her?"

„Wir tippen auf höchstens drei bis vier Stunden", erklärte Luise.

„Das heißt …", begann Mehmet.

„Oh Mann, hab ich einen Kohldampf", hörte ich plötzlich Oli hinter mir nörgeln. Er war offenbar aufgewacht. „Wann gibt es denn endlich was zu essen?"

10

Es schien so, als würden sie sich tatsächlich darauf einigen, die Auf-
klärung des Verbrechens in seine Hände zu legen. Gut. Für ihn be-
deutete das zusätzlichen Schutz. Alle Augen waren auf ihn gerichtet
und er musste nun quasi auf dem Präsentierteller agieren. Dort konnte
ihn keiner unbemerkt aus dem Weg räumen. Die einzige ernst zu neh-
mende Alternative würde für die meisten vermutlich sowieso nicht in
Betracht kommen. Dass die anderen hier im Keller ähnlich allergisch
auf die Presse reagierten wie damals ihre Schulleitung, hatte sie ein we-
nig erstaunt. Wahrscheinlich war es in dieser Hinsicht doch immer und
überall dasselbe: Zeitungsleute waren den meisten Menschen suspekt,
egal, ob sie sonst von deren Arbeit profitierten oder nicht, weil jeder
sich mit seinen ganz persönlichen Unzulänglichkeiten und dunklen
Geheimnissen angreifbar fühlte. Vertreter von Parteien und Institutio-
nen versuchten darüber hinaus, durch fleißiges Visitenkarten-Verteilen
die Kontrolle über das, was über sie veröffentlicht wurde, zu behalten.
„Falls Sie noch weitere Fragen haben oder sich nicht ganz sicher sind,
ob Sie alles korrekt mitgeschrieben haben, können Sie mir gerne Ihren
Text vorher zumailen, dann schaue ich noch mal drüber."

Ihre Schulleitung war da nicht anders verfahren und hatte sich jedes
Wort, das der Presse gegenüber geäußert worden war, noch mal „zur
Abstimmung" vorlegen lassen, bevor es in Druck gehen durfte. Das
hatte so lange funktioniert, bis eine besonders engagierte zehnte Klasse
sich für ihre Projektwoche ausgerechnet das Flüchtlingsheim als Ko-
operationspartner ausgesucht hatte, das von diversen politischen Grup-
pierungen als Brutstätte der Kriminalität und tödlicher Krankheiten
bekämpft wurde.

Der Anführer einer dieser „Pegida light"-Truppen aus Gau-
Boxheim war Aurelius Kunstmann gewesen, ein im Raum Mainz-Bin-
gen semi-prominenter Rechtsanwalt – und der Vater ihres Schülers
Christopher. Ausgerechnet dessen Klasse hatte für Amin, einen syri-
schen Flüchtling aus der von Kunstmann senior bekämpften Unter-

kunft, einen Aushilfsjob in der örtlichen Konditorei gefunden. Amin war um die dreißig Jahre alt und hatte bislang lediglich eine Aufenthaltsgestattung zur Durchführung des Asylverfahrens, die in einem Dreivierteljahr automatisch ablaufen würde, wenn bis dahin kein positiver Bescheid käme. Mit Zustimmung der zuständigen Ausländerbehörde durfte er einen Job annehmen. Nach dem, was sie mithilfe eines palästinensischen Bekannten, der für sie dolmetschte, herausfinden konnte, verfügte Amin über keine nennenswerte Schulbildung und hatte in Syrien ein kleines Lebensmittelgeschäft betrieben. Konditormeister Horst Schuchmann hatte Amin mit offenen Armen empfangen. Er war bereit, ihn nach Kräften zu fördern, denn der junge Mann fügte sich trotz fehlender Deutschkenntnisse von Anfang an so perfekt in die Abläufe ein, dass man den Eindruck gewinnen konnte, er habe nie etwas anderes in seinem Leben getan als Kuchen zu schneiden, Mohnzöpfe zu verpacken oder den Verkaufsraum zu säubern. Papiere hatte er keine, auch hätte sein Interview als Grundlage für die Asyl-Entscheidung noch nicht stattgefunden, hatte Amin dem palästinensischen Bekannten erzählt. Seinem Chef schwebte vor, den Flüchtling zum Konditorgesellen auszubilden und ihm zudem ein Zimmer in seinem eigenen Haus zur Verfügung zu stellen, aber dafür musste zunächst der Aufenthaltsstatus geklärt werden.

Als Christopher im Unterricht erwähnte, er habe seinen Vater gebeten, der Angelegenheit einmal nachzugehen, da der gute Beziehungen zur Kreisverwaltung habe und sich mit so was auskenne, hatte sie bereits befürchtet, dass das einen Haufen unerwünschter Folgen nach sich ziehen würde. Tatsächlich hatte Aurelius Kunstmann in Nullkommanichts herausgefunden, dass Amins Interview bereits stattgefunden hatte. Die Entscheidung stand zwar noch aus, doch es war damit zu rechnen, dass der Asylantrag trotz der sich zuspitzenden Situation in Syrien nicht gewährt würde. Wie aus den Unterlagen, in die Kunstmann Einsicht genommen hatte, ebenfalls hervorging, hatte Amin in seiner Heimat mehrmals wegen schwerer Körperverletzung im Gefängnis gesessen — es konnte natürlich sein, dass die Vorwürfe gegen ihn jeglicher Grundlage entbehrten und einfach nur ein Vorwand waren, einen Regimekritiker hinter Gitter bringen zu können. Außerdem hatte er Hepatitis C. Sie war sicher, dass die Krankheit den Ausschlag für die Ablehnung – aus Pietätsgründen nach einer angemessenen Verzögerung bei der Entscheidungsfindung – geben würde, denn es gab zwar eine (wenn auch nur bedingt wirksame) Therapie, die jedoch extrem teuer war.

Horst Schuchmann war in erster Linie tief enttäuscht davon, dass Amin ihm seine Krankheit, über die er bei der Aufnahme nachweislich in seiner Muttersprache informiert worden war, verschwiegen hatte. Er fühlte sich benutzt, hatte andererseits jedoch auch Verständnis. Nach bisherigen Erkenntnissen wurde Hepatitis C in der Regel nur durch „Blut auf Blut" übertragen, die Gefahr einer Ansteckung wäre also nicht wirklich gegeben gewesen und wo vielleicht ein kleines Restrisiko im Raum gestanden hätte, hätte man Vorkehrungen treffen können. Die Standards in Sachen Hygiene waren ohnehin vorbildlich; so trugen alle, die mit der Ware in Berührung kamen, egal in welchem Stadium, Latex-Handschuhe. Dennoch – wenn die Information über Amins Erkrankung die Runde machte, würden etliche Kunden sicherlich zweimal überlegen, bevor sie Kuchen, mit dem er in Berührung gekommen sein könnte, kauften oder sicherheitshalber lieber den Konditor wechseln. Amin war nicht dumm, ihm war klar, dass die Sympathien sich ganz schnell verschieben konnten, sobald er kein Vorzeige-Flüchtling mehr war, mit dem man vor der Kamera posieren konnte.

Sie war mit Schuchmann übereingekommen, dass er den Flüchtling bis zu den Ferien in seinem kleinen Büro mit dem Einkleben von Torten-Fotos fürs Archiv betrauen und das Arbeitsverhältnis dann einfach stillschweigend beenden würde. Wenn die Schüler der Patenklasse nach den Ferien zurückkamen, war Amin vielleicht schon wieder ganz woanders (wo genau, darüber wollte sie lieber nicht nachdenken) und sie brauchten nichts von dem ganzen Debakel mitbekommen. Doch leider hatten sie die Rechnung ohne den politisch ambitionierten Rechtsaußen-Anwalt gemacht, der nur dann versprach, das Thema nicht an die große Glocke zu hängen, wenn sie ihn zu einem Vortrag zum Thema „Das Maß ist voll – Schluss mit unverantwortlicher Flüchtlingspolitik" an die Schule einlud.

Um ihr diesen Vorschlag zu unterbreiten, hatte er sie am letzten Schultag vorm Lehrerzimmer abgefangen und zu sich nach Hause gebeten. Seine Frau, die ihre Stelle als Fachärztin in der Klinik für die Eröffnung eines eigenen Schönheitssalons aufgegeben hatte, war mit Christopher und seiner kleinen Schwester direkt nach dem letzten Klingeln der in den Urlaub gefahren. Ihr Gatte sollte in den nächsten Wochen ungestört an seiner Polit-Karriere schrauben können.

Jetzt also saß sie dem Rechtsanwalt in seinem privaten Büro gegenüber.

„Haben Sie auch Lust auf einen Wodka?", fragte er.

Sie schüttelte den Kopf und musste sich das Lachen verbeißen, als sie sah, dass er die Flasche und das dazugehörige Glas offenbar tatsächlich in der Schreibtischschublade versteckt hatte. Sie widerstand der Versuchung, nachzusehen, ob sich auch eine Lederpeitsche oder Handschellen oder was auch immer sonst er vor den Blicken seiner Frau verborgen halten wollte, darin befanden. Ob etwas an dem dran war, was man sich über ihn erzählte?

Er grinste verlegen und schenkte sich großzügig ein. Mehrmals. Sie spürte, dass er ihr gleich mit irgendwelchen Geständnissen kommen würde und war in Alarmbereitschaft. Sie war ihm hierher gefolgt in dem Bewusstsein, dass sie ihn unschädlich machen musste. Dass er Ähnliches mit ihr vorhaben könnte, war ihr gar nicht in den Sinn gekommen.

„Wissen Sie, ich finde es schön, dass wir uns mal ganz anders kennenlernen können", sagte er, stand auf und kam auf sie zu. Hinter ihrem Stuhl kam er zum Stehen und noch bevor sie wusste, wie ihr geschah, ließ er seine Hände in ihren Ausschnitt gleiten und umfing ihre Brüste.

„Prall und fest, wie ich es mir gedacht habe …“, sagte er.

Sie war zu entsetzt, um auch nur einen Mucks von sich zu geben. Erst nachdem er seine Hände zurückgezogen, sie an den Schultern gefasst, hochgezogen und zu sich umgedreht hatte, kam sie wieder zu sich.

„Mit einer Lehrerin wollte ichs schon immer mal machen“, stieß er hervor und sein irrer Blick verriet ihr, dass er von seinem Vorhaben nicht so schnell abrücken würde. Bevor er sie auf den Schreibtisch schubsen konnte, zeigte sie auf die Milchglastür, auf der in goldenen Schreibschriftbuchstaben „Botox Beauty“ stand. „Ist das der Schönheitssalon Ihrer Frau?“

Er folgte ihrem Blick, zuerst irritiert, dann schien ihm eine Idee zu kommen. „Ach, da willst dus treiben, wo die High Society sich den Arsch aufspritzen lässt, du Luder“, rief er. „Na, dann komm!“

Entschlossen packte er sie am Handgelenk, stieß die Glastür auf und zog sie in einen klinisch weißen Raum, der von einem mintfarbenen Behandlungsstuhl dominiert wurde. Der sah mit all den Gurten, die die Patientinnen vermutlich sowohl vorm Runterfallen bewahren als auch davon abhalten sollten, nach Frau Doktor zu treten, eher wie ein Poesie-Wertschätzungsstuhl aus „Per Anhalter durch die Galaxis“ aus, in dem irgendein armer Tropf die scheußliche Dichtung der Vogonen über sich ergehen lassen musste.

Schon der Anblick machte den guten Aurelius so scharf, dass er an Ort und Stelle die Hosen herunterließ und sie sein steil erigiertes Glied bewundern konnte. Mit einer Selbstverständlichkeit, die sie selbst erstaunte, fasste sie zu, führte ihn daran zu dem Stuhl und schnallte ihn bäuchlings fest. Die zehn gebrauchsfertigen Botox-Spritzen hatte sie im Nu gefunden. Bevor Aurelius Kunstmann wusste, wie ihm geschah, befand sich deren gesamter Inhalt in seinem Blutkreislauf, injiziert in die Falten zwischen seinen schlaffen Gesäßhälften und den Oberschenkeln.

Sie konnte nicht mehr sagen, ob sie Minuten oder gar Stunden gewartet hatte, bis sie sicher sein konnte, dass er nicht mehr am Leben war. Sie ließ die Spritzen in ihrer Handtasche verschwinden, um sie *auf dem Weg nach Hause in irgendeinem Mülleimer zu entsorgen. Dann zog sie ein paar Papiertaschentücher aus dem Pappkarton neben dem Behandlungsstuhl, besprühte sie mit Desinfektionsmittel aus der danebenstehenden Flasche und machte sich daran, ihre Fingerabdrücke zu entfernen. Nach kurzem Zögern entschloss sie sich, die Gurte, die den Toten auf dem Stuhl festhielten, zu lösen. Sie überlegte kurz, ob sie ihn mit ein paar Handtüchern zudecken sollte, entschied sich dann jedoch dagegen. Seine Kinder würden ihn so nicht zu Gesicht bekommen, denn gewiss hatten sie keinen Zutritt zur Praxis ihrer Mutter. Und wie die das wegsteckte, kümmerte sie nicht wirklich.*

Sie warf einen Blick durchs Küchenfenster und schlüpfte in einem günstigen Moment nach draußen. Unterwegs las sie eines der kostenlosen Anzeigenblätter auf, das jemand neben den Mülleimer an der Bushaltestelle geworfen hatte. Sie bedeckte damit die Spritzen, nachdem sie diese in den Abfallbehälter geworfen hatte, damit niemand – zum Beispiel Kinder – auf die Idee kam, sie herauszuholen.

„Schatz, ich bin da. Hat ein bisschen länger gedauert. Aber jetzt sind Ferien, da haben wir viel Zeit füreinander", rief sie, als sie die Haustür aufschloss.

Das Gefühl von Aurelius Kunstmanns Händen auf ihren Brüsten hatte sie bereits vergessen.

11

Nancy war es, die Oli mit – für ihre Verhältnisse – knappen Worten über die Situation ins Bild setzte. Der staunte nicht schlecht, seinem Appetit schien das jedoch keinen Abbruch zu tun. Erst machte er sich über alles her, was Kathrin und ich gekocht hatten. Den meisten war ohnehin der Appetit vergangen, einige begnügten sich mit kleinen Kostproben. Als die Vorräte zur Neige gingen – wir hatten zugegebenermaßen nicht gerade Unmengen produziert – bestand Oli allen Ernstes darauf, den Schinken aus dem Kühlraum zu holen. Immerhin vergewisserte er sich vorher, dass der mit dem Toten nicht in Berührung gekommen war.

Dass Hajo Tewangs Leiche noch immer an Ort und Stelle lag, schien ihn nicht weiter zu stören. Da sich niemand sonst freiwillig meldete, begleitete ich Oli, um den Schinken zu holen. Die Verachtung stand den anderen ins Gesicht geschrieben, als wir damit zurückkamen. Ich konnte sie gut verstehen, auch wenn ich zugeben muss, dass ich selbst ebenfalls Appetit bekam, als Oli sich ein Stück herausschnitt.

„Der Tewang sah noch ganz frisch aus", sagte er, während er kaute. „Wann ist der abgemurkst worden?"

Luise wollte antworten, doch Mehmet kam ihr zuvor: „Vor drei bis vier Stunden."

Oli rechnete nach. „Da waren wir ja schon alle hier, oder?", fragte er.

„Eben, das wollte ich auch schon sagen", warf Mehmet aufgeregt ein.

„Das ist nur eine ungefähre Schätzung", gab Luise zu bedenken. „Alex und Yücel sind mit deutlichem Abstand als Letzte und damit möglicherweise erst später eingetroffen."

„Habt ihr irgendwen gehen sehen, als ihr gekommen seid?", wollte Oli von Yücel und mir wissen.

Mein Freund schüttelte den Kopf. Dann wandte er sich seinerseits an Klaus und fragte: „Wie viele Aus- beziehungsweise Zugänge gibt es?"

„Für Veranstaltungen dieser Art nur den einen. Und jetzt ja noch nicht einmal den ...", erklärte Klaus finster. Dann führte er weiter aus: „Sobald ich mit den letzten beiden auf dem Weg nach unten war, konnte von außen niemand mehr ins Gebäude gelangen. Der Fahrstuhl ist so programmiert, dass er keine Zwischenstopps einlegt. Selbst wenn sich jemand auf einem anderen Stockwerk versteckt haben sollte – was nicht sehr wahrscheinlich ist – hätte der keine Chance gehabt, nach hier unten zu gelangen. Es wäre nur mit dem Fahrstuhl gegangen."

„Warum gibt es eigentlich keine Treppe?", fragte Luise und blickte sich suchend um. „Jedenfalls habe ich keinen Hinweis auf eine gesehen. Oder gibt es doch eine?"

„Nein", gab Klaus zurück.

Mir wurde schlagartig klar, dass niemand von uns auch nur in Erwägung gezogen hatte, dass es allein aus versicherungsrechtlichen Gründen einen Fluchtweg hätte geben müssen. Wir alle hatten uns durch die Exklusivität des Events, zu dem man uns Zugang gewährte, derart gebauchpinselt gefühlt, dass weder der gesunde Menschenverstand noch unsere Lebenserfahrung uns davor bewahren konnten, wie die Trottel in die Falle zu laufen. Mir fiel der Vortrag zum Thema „Baustellenspiele" wieder ein, den ich mir neulich Abend zusammen mit Susanne in der Kita angehört hatte. Der Referent hatte sich darüber ausgelassen, dass Kinder ganz unbewusst aus dem wohlgeordneten Umfeld, das wir für sie gestalten, auszubrechen versuchen, um heimlich auf Baustellen zu spielen und dabei ihr Reaktionsvermögen in einem ungeschützten Raum mit einem viel höheren Verletzungsrisiko auszutesten. Damit Kinder sich nun aber nicht Gefahren aussetzten, die sie nicht einschätzen konnten und die sie eventuell das Leben kosteten, setzten Pädagogen alles daran, ihnen flauschig in Watte gepackte Spielangebote den Anstrich eines gefährlichen Unterfangens zu verpassen, damit sie für die Kinder attraktiv wurden. Oft gingen sie dabei so bemüht zu Werke, dass schon die Jüngsten diese Taktik durchschauten und ihre Geschicklichkeit statt an der teuren Profi-Kletterwand auf dem Schulhof beim Überwinden eines rostigen Gartentors unter Beweis stellten, dessen spitze Enden in drei Metern Höhe gen Himmel ragten.

Die Baustelle, die wir betreten hatten, war schon von außen als solche zu erkennen gewesen und hatte bei mir wie bei den übrigen Teilnehmern offenbar den Spieltrieb geweckt. Gleichzeitig hatte sie jedoch auch den Eindruck von gestaltetem Abenteuer vermittelt, auf das wir uns getrost einlassen konnten. Wir würden uns lediglich eine kleine Auszeit genehmigen, ein bisschen Abwechslung vom Alltag. Weiter nichts. Hatten wir gedacht.

Carla kniff die Augen zusammen und wandte sich Klaus zu. „Sie sagten gerade ‚Veranstaltungen dieser Art'. Hat es schon mal Schwierigkeiten gegeben? Ich meine, haben hier schon mal Leute festgesessen?", fragte sie.

Klaus zuckte mit den Achseln. „Davon weiß ich nichts", sagte er. „Aber ich habe ja auch nicht ständig hier Dienst, sondern wechselnde Einsätze."

„Vor zwei Wochen hatte ich einen Tapas-Kochkurs in Wiesbaden", sagte Kathrin. „Eine von den Teilnehmerinnen hat mir erzählt, dass sie letzten Monat bei einer Fernsehaufzeichnung hier unten mit dabei war und sie zwei Stunden lang nicht rauskamen, weil der Fahrstuhl nicht funktionierte."

„Eine Aufzeichnung für Hajo Tewangs Sendung", ergänzte Karl-Theodor und fügte dann, an Flora gewandt, hinzu: „Du warst doch auch dabei, oder?"

Seine Frau zog ein Gesicht, als wollte sie ausspucken, würdigte ihn aber keiner Antwort. „Ist doch egal", warf Zoran ungeduldig ein. „Sag mir mal lieber einer, was wir jetzt machen sollen."

„Na, was schon?", blaffte Karl-Theodor ihn an. „Ermitteln, natürlich."

„Aha", sagte Heinrich. „Und wer soll ermitteln?"

„Ich könnte …", begann Carla, doch Oli schnitt ihr das Wort ab: „Es muss einer von uns gewesen sein!", stieß er hervor. Nancy schlug sich vor Schreck beide Hände vor den Mund. Ihr Kopf flog hin und her, sie taxierte alle am Tisch Versammelten nacheinander, konnte sich aber offensichtlich nicht entscheiden, wer am ehesten infrage kam. Ich fürchtete schon, dass sie gleich mit dem Finger auf einen von uns zeigen und hysterisch Anschuldigungen kreischen würde, als Kathrin das Wort ergriff: „Wir sollten uns für das kleinere Übel entscheiden und denjenigen mit den Ermittlungen betrauen, der für die Tat am wenigsten infrage kommt", erklärte sie. „Ich schlage deshalb vor, dass wir in geheimer Wahl darüber abstimmen, wer diese Aufgabe übernehmen soll."

„Die Idee ist gut. Aber einer wird nicht reichen", warf ich ein. „Wenn wir zügig vorankommen wollen, müssen wir die Arbeit auf mehreren Schultern verteilen."

„Na klar", bemerkte Oli gut gelaunt und klopfte Carla auf den Rücken. „Ich sehe schon Ihre Schlagzeile vor mir: Vierzehn Ermittler jagen vierzehn Verdächtige."

„Lassen wir doch erst mal jeden einen Namen auf einen Zettel schreiben. Wenn der- oder diejenige sich der Aufgabe allein nicht gewachsen fühlt, kann er oder sie sich dann ja immer noch Unterstützung holen", schlug Kathrin vor und blickte in die Runde. „Einverstanden?" Als niemand reagierte, zog sie eine Schublade auf und begann, Blätter und Stifte auszuteilen. Nachdem alle ihr Votum aufgeschrieben hatten, nahm sie einen Tonkrug, der als Dekoration in einem der Regale stand, herunter und ließ uns reihum unsere zusammengefalteten Zettel hineinwerfen. Es folgte die Auszählung durch Luise: zwölf Stimmen für mich, eine (meine!) für Yücel und eine für Carla. Fragend sah ich Yücel an, doch der schüttelte kaum merklich den Kopf. Ich nahm also an, sie hatte sich die Stimme selbst gegeben.

„Na, dann ist ja alles klar", konstatierte Kathrin schlicht. „Wo sollen die Verhöre stattfinden?"

„Befragungen", korrigierte ich sie. „Ich führe nichts als Befragungen durch und die sind selbstverständlich freiwillig. An dieser Stelle möchte ich mich ganz herzlich für euer Vertrauen bedanken und ..."

„Ja, ja, schon gut", sagte Kathrin. „Also, wo sollen die *Befragungen* stattfinden?"

Mein Blick fiel auf ein kleines, durch Glas abgetrenntes Büro, in dem gerade einmal ein Schreibtisch und drei Stühle, zwei davon auf der Besucherseite, Platz hatten. Die Tür stand einen Spalt offen. Ich beschloss, mir das einmal anzusehen. „Kommst du mal kurz mit?", fragte ich Yücel, der ohne Umschweife aufstand und mir folgte. Das allgemeine Murren, das nun einsetzte, kümmerte mich nicht. Es hatte doch wohl niemand ernsthaft erwartet, dass ich diesen Fall ohne meinen Partner lösen würde. Laut Votum lagen er und Carla zwar gleichauf, was die Anzahl der Stimmen anging, aber wie hatte Kathrin vorhin gesagt: „Wenn der- oder diejenige sich der Aufgabe allein nicht gewachsen fühlt, kann er oder sie sich dann ja immer noch Unterstützung holen." Genau das tat ich jetzt. Ich holte mir Unterstützung, und zwar Unterstützung meiner Wahl. Dagegen konnte niemand etwas einzuwenden haben. Bis auf eine vielleicht. Aber damit würde ich mich auseinandersetzen, wenn es so weit war.

12

Ob die beiden Detektive doch ein Paar waren? Auch wenn die Rede von Frau und Kindern war, musste das ja noch gar nichts heißen. Sie ärgerte sich, dass sie überhaupt darüber nachdachte. Was ging sie das an? Nichts. Was würde das ändern? Alles! Sie mochte sich ihn ganz einfach nicht an der Seite dieses Zynikers vorstellen, der allem Anschein nach religiös, dem aber mit Sicherheit nichts heilig war. Der sich mit Körpern auskannte, aber nicht mit Menschen. Und der fast schon ein wenig zu lebenstüchtig war. Nun gut, die beiden waren ein eingespieltes Team und es war sicher sinnvoll, wenn sie hier zusammenarbeiteten. Wahrscheinlich war er es vorhin gewesen, der für seinen Partner gestimmt hatte, um dessen Position zu stärken und rechtfertigen zu können, dass er ihn in seine Ermittlungen mit einbezog.

Sie fragte sich, wer der andere Abweichler gewesen war. Yücel und Alex schieden aus, dessen war sie sich sicher. Sie hatte aufmerksam ihren Blickwechsel verfolgt und der besagte, dass sie beide nicht wussten, wer dahintersteckte, sondern höchstens Vermutungen hatten. Wer sonst konnte ein Interesse daran haben, eine weitere Kandidatin ins Spiel zu bringen? Der Mörder, natürlich. Dem war nicht entgangen, wie wenig es dem Detektiv gefallen hatte, dass jemand von der schreibenden Zunft versuchte, ihn zu überflügeln. Doch er hatte sie ausgebremst. Eben hatte sie sich noch darüber gewundert, doch inzwischen war ihr klar, warum. Dass er nicht gleich mit seinem gesamten Wissen herausrückte, war Taktik gewesen. Unterschätzt zu werden, konnte einem durchaus einen nicht unwesentlichen Vorsprung verschaffen. Einen Vorsprung, den er nur allzu gut gebrauchen konnte. Sollte er sich mit seinem Kumpel auf seine Weise um den Fall kümmern, sie würde still und unauffällig an seiner Seite bleiben und ihn auf ihre Weise unterstützen.

Apropos unterschätzt ... Sie fragte sich, ob der Naturbursche zwischenzeitlich wirklich so betrunken gewesen war, wie er wirkte. Für einen Säufer hatte er erstaunlich klare Phasen. „Vierzehn Ermittler jagen vierzehn Verdächtige" – treffender hätte nicht mal sie die Situation beschreiben können. Die Formulierung wirkte seltsam fremd inmitten seines sonstigen Gebrabbels, so als habe er sie irgendwo aufgeschnappt, für den eigenen Gebrauch passend gemacht und die Gunst der Stunde genutzt, um sie anzubringen. Plötzlich fiel ihr wieder ein, wo sie die schon mal gehört hatte: In einer Kabarett-Sendung zum frisch vereinten Deutschland in den frühen Neunzigern war die Aufarbeitung der DDR-Vergangenheit mit dem Satz „Siebzehn Millionen Opfer jagen siebzehn Millionen Täter" beschrieben worden. Erst vor Kurzem hatte es eine Wiederholung gegeben. Dass er gerne Fernsehen guckte, stand für sie außer Frage. Er schien leichte Kost zu bevorzugen und sie nahm an, dass Comedy, Quiz und Küche dabei gleichermaßen hoch im Kurs standen. Sie hatte sich nicht viele Sendungen mit Hajo Tewang angesehen, aber genug, um erkennen zu können, dass der trinkfreudige Chili-Freund sich vom Auftreten her als Mini-Ausgabe des Fernsehkochs versuchte. Diese ständige Baggerei, diese nur scheinbar unbeabsichtigten Beleidigungen, die er unterschiedslos allen in beschwipstes Gelalle verpackt an den Kopf warf ... Was immer dieser Kerl hier für ein Spiel spielte, sie würde es herausfinden und ihm – dem, wegen dem sie hier war –, wenn nötig, einen Hinweis geben. Vielleicht wäre damit das gemeinsame Vorhaben mit ihm, das sie plante, noch nicht gleich in vollem Umfang besiegelt. Aber es wäre ein Anfang.

13

Es hatte erwartungsgemäß zu Unmut geführt, dass ich ohne Rücksprache mit irgendwem beschlossen hatte, mit Yücel zusammenzuarbeiten. Er hatte mir den Tipp gegeben, Klaus hinzuzuziehen und ihn zu bitten, den Rest der Gruppe im Auge zu behalten, so lange ich die Befragungen durchführte. Yücel hielt sich dabei im Hintergrund, um nicht für noch mehr Verstimmung zu sorgen.

„Wieso den Türsteher, wieso nicht die Journalistin?", hatte ich meinen Freund gefragt, doch der hatte nur mit den Schultern gezuckt und gesagt: „Die macht den Leuten Angst, weil alle wissen, womit sie sich auskennt." Da war etwas dran, das musste ich zugeben. Jetzt, wo Yücel für einen Arzt gehalten wurde, machten die meisten ihm gegenüber dicht. Sie verließen sich lieber auf mich, der nach der Birkenbihl-Methode ABC-Listen oder „Kreative analoge Wortassoziationen" (kurz: KaWa) schrieb. Das sind Methoden, bei denen zu den Buchstaben des Alfabets (ABC-Liste) oder eines Wortes frei assoziiert wird. Dabei sollen auf kreative Weise alle zum aktuellen Zeitpunkt vorliegenden Hintergrundinformationen und Gedanken festgehalten werden.

„MÖBELHAUSMORD" stand in großen Druckbuchstaben über meiner ABC-Liste. Mein Kugelschreiber flog wie von selbst zum „K" und vermerkte dort neben Wörtern wie „Küche, Kochen, Kurs" auch die Vornamen des Sicherheitsmannes und meiner ersten Gesprächspartnerin, die von Yücel in das gläserne Kabuff geführt wurde.

„Vera Birkenbihl?", fragte Kathrin nur und zeigte auf mein Blatt, bevor ich Gelegenheit hatte, das Geschreibsel abzudecken. Wie peinlich war das denn? Für einen Moment war ich sprachlos.

„Offenbar ja", bemerkte Kathrin trocken und nahm Platz. „Na dann – Friede ihrer Asche." Sie schlug die Beine übereinander und sah mich fragend an.

Mir war vorhin aufgefallen, dass nicht nur die Journalistin, sondern auch Kathrin den Bleistift unglaublich locker sitzen hatte und immer einmal wieder etwas notierte, das garantiert nichts mit Rezepten zu tun hatte. Dass sie zudem mit den Methoden der leider viel zu früh verstorbenen Vera Birkenbihl vertraut war, legte die Vermutung nahe, dass auch sie eine ABC-Liste abarbeitete, vielleicht, um Ordnung in ihre Gedanken zu bringen. Machte sie das bereits verdächtig?

„Hinter das B könntest du Baum schreiben", schlug Kathrin vor.

„Baum?" Ich war verwirrt.

„Ja, Baum als Begründung für so ziemlich alles. ‚Warum? Weil Baum!' Kennst du das nicht?"

„Doch, natürlich", brummte ich. Entweder war sie noch nervöser als ich und versuchte, das zu überspielen. Oder sie nahm mich nicht ernst.

„Bei P kannst du Paris schreiben, bei H Hilton und bei O muss dann natürlich Organspende stehen", fuhr sie ungerührt fort. „Ich finde ja, Paris Hilton sollte ihre Organe an Bedürftige verteilen, weil sie so ein nutzloses Leben führt."

Entnervt drehte ich das Blatt um, zog einen Notizblock mit Möbelhaus-Logo herüber und machte mich zum Protokollieren bereit. „Du hast schon öfter Kochkurse gegeben, oder?", fragte ich.

„Was bringt dich auf die Idee?"

„Du hast den typischen Feldwebel-Jargon drauf. Natural born Küchendiktator, würde ich sagen."

Nun musste auch Kathrin grinsen. „Mehr als diese Dullis hier weiß ich auf jeden Fall", sagte sie.

„Auch mehr als der jetzt kalte Koch da drüben?", hakte ich nach.

Für einen Moment schien sie um Fassung bemüht, doch dann hatte sie sich sofort wieder unter Kontrolle. „Wie man Leute in der Gegend herumscheucht, das wissen Fernsehköche ziemlich gut", sagte sie finster.

„Wie das? Die müssen doch selber ran, wenn sie die ganze Zeit von der Kamera beobachtet werden."

Kathrin lachte glockenhell. „Das glaubst du doch nicht wirklich, oder?" Dann erzählte sie von einem Team, das für jede seiner Sendungen zwei Tage lang vorkochte, um im Bedarfsfall blitzschnell einen Tausch vorzunehmen, sodass ein mit nur mäßigem Kochtalent gesegneten B-Prominenter, dem das Essen angebrannt war, trotzdem eine Pfanne mit einem tadellosen Ergebnis in die Kamera halten konnte.

„Aber … Das ist ja Betrug!", entfuhr es mir.

Wieder lachte sie und ich kam mir unendlich naiv vor. Ich musste an die angebrannten Fleischklöße denken, die sie vorhin so ohne Weiteres ersetzt hatte. Kathrin machte keinerlei Anstalten, das, was sie laufend notiert hatte, mit mir zu teilen und mein Instinkt sagte mir, dass jetzt der falsche Augenblick war, danach zu fragen. Aus ihr war im Moment nichts weiter herauszubekommen. Also ließ ich sie zu den anderen zurückgehen und sah, dass Klaus Kurs auf sie nahm. Er hatte wieder zu seiner gewählten Ausdrucksweise zurückgefunden und absprachegemäß damit begonnen, die Wartenden in Gespräche zu verwickeln und Notizen zu machen, damit wir später unsere Eindrücke abgleichen konnten. Mir war es nach wie vor zu riskant, diese Aufgabe einem Fremden zu überlassen, von dem ich nicht wusste, wie geeignet er dafür war. Aber Yücel brauchte ich definitiv an meiner Seite und meine nächste Gesprächspartnerin war ihm in puncto Qualifikationen zwar um einiges überlegen, aber genau deshalb, da hatte mein Partner ganz recht gehabt, für viele ein rotes Tuch. Mein Kugelschreiber wanderte zum „J" und hinterließ dort die Begriffe „Journalismus" und „journal", ganz bewusst kleingeschrieben als englischer Begriff für Tagebuch.

Carla legte, sobald Yücel sie hereingeführt hatte, schnörkellos ihre Notizen auf den Tisch. Während mein Freund sie durchsah, fiel ihr Blick auf die vor mir ausgebreiteten Einladungen.

„Meine ist am unspektakulärsten", erklärte sie seufzend und nahm den Ausdruck der E-Mail hoch. „Fast so, als sei es nicht wirklich wichtig, ob nun jemand von der Presse dabei ist oder nicht."

Es klang so endgültig, wie sie das sagte, und ich merkte, dass ich eine leichte Gänsehaut bekam. Yücel gab Carla ihre Kladde zurück; wie es aussah, hatte er keine Fragen oder Anmerkungen. Offensichtlich gingen ihre Notizen nicht über das hinaus, was sie vorhin bereits gesagt hatte, als sie die Ermittlungen an sich ziehen wollte.

„Mir ist übrigens vorhin aufgefallen, dass die Zahl zwölf mehrfach genannt wurde … Soll ich mir die anderen Einladungen auch mal ansehen?", fragte sie.

„Nein, danke", entgegnete ich, eine Spur hastiger als beabsichtigt. „Ich meine – jetzt noch nicht", schob ich nach. „Wir müssen erst mal zügig mit den Befragungen durchkommen. Sonst wird die Meute unruhig."

„Ich glaube, die haben sich alle hinreichend ausgetobt. Bis auf die ein oder andere Kurzeinlage der üblichen Verhaltensauffälligen ist da jetzt der Dampf raus."

„Trotzdem …"

„Später gerne", sagte ich bestimmt.

Carla hob die Hände. „Bitte, war nur ein Angebot", sagte

sie und stand auf. Sie klang ein wenig eingeschnappt, aber darauf konnte ich jetzt keine Rücksicht nehmen.

Kai, Mehmet und Zoran kamen ganz selbstverständlich zusammen und versuchten gut gelaunt, sich gleichzeitig durch den schmalen Türrahmen zu zwängen. Kai setzte sich schließlich durch. „Kaffee first, then Milch and Zucker", sang er, während er ins Büro tänzelte. Mehmet und Zoran folgten ihm und dann gelang ihnen, was ich bisher nur von Filmplakaten kannte: Sie nahmen zu dritt auf einem einzigen Stuhl Platz. Kai war dafür ganz nach vorne gerutscht, Mehmet und Zoran saßen, Rücken an Rücken, seitlich hinter ihm. Wie auf Kommando schlugen alle ein Bein über das andere und sahen mich erwartungsvoll an. Yücel hatte wie vorhin bei Kathrins Befragung von seiner Fähigkeit, sich unsichtbar zu machen, Gebrauch gemacht und selbst in diesem winzigen Kabuff einen Winkel gefunden, in dem weder die Sangesbrüder noch ich ihn unmittelbar im Blick hatten. Ich wusste nicht recht, wo ich anfangen sollte, sodass eine peinliche Stille entstand.

„Also, Dickerchen, was liegt an?", fragte Kai schließlich.

„Etwas mehr Respekt, wenn ich bitten darf", wies Mehmet ihn mit gespielter Strenge zurecht.

„Sekt? Ich höre immer Sekt", schaltete Zoran sich ein.

Ich sah, wie etwas in Kais Augen aufblitzte. „Yeah, das rockt", fand er und rappte drauflos: „Für alle andern gibts Respekt, fürs Dickerchen nen Gläschen Sekt."

„Klingt eher nach Graham Bonney als nach Metallica", unterbrach ich ihn säuerlich und hielt die „Hard Rock Café"-Einladungskarte für das Trio hoch.

„Au, Graham, ich schätze ihn sehr", schwärmte Kai. „Macht der inzwischen eigentlich auch Möbelhäuser? Oder nur Pelzläden?"

„Okay, ihr Hupfdohlen – Schluss mit lustig!", brüllte ich und schlug mit der flachen Hand auf den Schreibtisch. Ich riskierte lieber keinen Blick durch die Glasscheibe, um zu sehen, wie die anderen auf meinen kleinen Ausbruch reagierten. Bei meinen drei aktuellen Gesprächspartnern verfehlte er seine Wirkung jedenfalls nicht. Selbst Kai hielt vor Schreck die Klappe. Ich nutzte die Gunst der Stunde und fasste kurz zusammen: „Ihr seid stets im Dreierpack unterwegs, richtig? Egal, ob Rheingoldhalle oder Gartenlaube des Schrebergartenvereins." Diese Bosheit konnte ich mir nicht verkneifen. „Kaffee gibt es nie ohne Milch und Zucker. Mit einer Ausnahme, oder?"

Genau kannte ich das Konzept von Hajo Tewangs Showküche zwar nicht, wusste aber, dass man bei diesen Formaten schon bei Duos nur einen der Partner auftreten ließ. Der musste sich dann wohl oder übel auf völlig ungewohnte Umstände einlassen und hatte keinen vertrauten Stichwortgeber an seiner Seite, was den Reiz für die Zuschauer erhöhen sollte. Es war also nicht davon auszugehen, dass das gesamte Schlagertrio vor der Kamera brutzelte.

„Andersrum", sagte Zoran.

„Wie meinen?" Ich stand tatsächlich auf dem Schlauch.

„Wir sind früher in der Regel solo aufgetreten mit dem Zusatz *Mitglied des bekannten Trios Kaffee, Milch und Zucker*. Manchmal waren wir am selben Abend an verschiedenen Orten zugange und haben dafür die dreifache Gage eingespielt, statt durch drei teilen zu müssen. Grundsätzlich zusammen aufgetreten sind wir erst, nachdem Kai in Hajo Tewangs Sendung dabei war."

Ich fragte mich, warum ausgerechnet Kai ausgewählt worden war, denn ich fand ihn am wenigsten telegen. Der schien meine Gedanken erraten zu haben. „Ich bin halt der Einzige, der kochen kann", sagte er und zuckte mit den Schultern.

„Falsch!", ging Mehmet entschieden dazwischen. „Du weißt, wie man ein Ei aufschlägt. Das wars. Zoran und ich haben da keine besonders gute Figur gemacht …"

Aha, dachte ich, die beiden anderen waren also tatsächlich vor Kai gecastet worden; der war nur die Notlösung gewesen, aber Eier aufschlagen konnte man nicht gut doubeln.

Als die drei begannen, lustige Begebenheiten aus ihrer Vergangenheit Revue passieren zu lassen, komplimentierte Yücel sie schleunigst aus dem Büro und kehrte wenige Augenblicke später mit der nächsten Herausforderung zurück.

„Solange der hier drin ist, sage ich kein einziges Wort", keifte Flora und zeigte auf Karl-Theodor. Der ließ zwar auch kein gesteigertes Interesse an einer Unterhaltung mit mir erkennen, wollte aber nicht kampflos das Feld räumen und nahm demonstrativ Platz.

„Was machen Sie eigentlich beruflich?", fragte ich ihn.

„Der kann doch nichts", fauchte seine Gattin.

„Immobilienmakler", sagte Karl-Theodor hoheitsvoll.

„Immobilienhai trifft es wohl besser", kommentierte seine Frau.

Doch Karl-Theodor ließ sich davon nicht beeindrucken. „Irgendwo muss das Geld, das du verprasst, ja herkommen. Stellen Sie sich mal vor, wo die das überall hinträgt. Es würde mich nicht wundern, wenn sie sich demnächst in irgendsoeiner Hinterhof-Klitsche die Augen lasern oder die Lippen aufspritzen lässt … Oder, noch besser, den Hängebusen liften …"

Das führte zu nichts. Erst nachdem es Yücel und mir gelungen war, Karl-Theodor zu verscheuchen, erzählte sie freimütig von ihrer Affäre mit Hajo Tewang. „*Yossi!*", klang es mir wieder im Ohr. Das war ihr Kosename für ihn gewesen – damals, vor etwa fünfzehn Jahren, als sie noch über die Laufstege dieser Welt geschwebt war. Ich sah mir ihre Einladungskarte an, die offenbar eine Anspielung auf ihre Vergangenheit war. Bei näherem Hinsehen bemerkte ich, dass in einen Salatkopf, der auf roten Stöckelschuhen und im Nerzmantel bei einer Modenschau auftrat, etwas eingeritzt war. Ich nahm einen Bleistift und fuhr ein paarmal über diese Stelle. Ein Schriftzug wurde sichtbar. „Galge" oder „Galga" stand dort. Moment … Das hatte ich doch schon irgendwo gesehen. Kathrins Einladung, richtig. Ich nahm die noch einmal zur Hand, fuhr auch dort über die Stelle mit dem Abdruck und legte das Butterbrotpapier über die Karte. Die Abdrücke waren deckungsgleich. Wer immer dieses Wort geschrieben hatte, musste Kathrins und Floras Einladungen als Unterlage darunter gehabt haben. Ich bereute, dass ich Yücel überlassen hatte, Carlas Aufzeichnungen durchzugehen und nicht selbst einen Blick hineingeworfen hatte. Sicherlich hätte ich erkannt, ob die Handschrift übereinstimmte.

„Das war eine sehr schwere Entscheidung für mich damals, als Yossi von mir verlangte, das Kind abtreiben zu lassen", hörte ich Flora sagen und merkte, dass ich ihr zwischendrin gar nicht zugehört hatte. Die schien das nicht zu stören, denn sie redete unablässig weiter.

„Was ist, hast du was entdeckt?", raunte Yücel mir zu, nachdem er ein paar Geräusche, die Anteilnahme signalisieren sollten, in Floras Richtung gemacht hatte.

„Na ja, von Karl-Theodor konnte das Kind natürlich nicht sein, deshalb konnte ich es ihm nicht unterschieben", setzte Flora zum Finale an. „Wissen Sie, er hieß früher

Erika, war lesbisch und hat sich mit sechzehn geschlechtsumwandeln lassen. Um trotzdem weiterhin mit Frauen ins Bett gehen zu können."

Mit offenen Mündern starrten Yücel und ich Flora an.

„Tatsächlich?", fragte ich.

„Nein, natürlich nicht, Sie Trottel. Ich wollte nur mal sehen, ob Sie mir überhaupt zuhören."

„Oh, äh, ja, natürlich ..."

Ohne uns eines weiteren Blickes zu würdigen, stand sie auf und rauschte aus dem Büro. Dort hatte Oli schon gelauert, der – reichlich betankt – hereingestolpert kam.

„Hey, Brüder, jetzt bin ich aber langsam mal dran, oder?", fragte er und plapperte dann munter drauflos. „Also, der Hajo, der war ja wirklich schon voll knorke, ne, aber halt auch irgendwie son bisschen etepetete ... Falls ihr wisst, was ich meine."

„Wissen wir, Kumpel, wissen wir", versicherte Yücel und warf mir einen nachdenklichen Blick zu. Auch ihm schien aufgefallen zu sein, dass Oli sich gemessen an dem Alkoholpegel, den er erreicht haben musste, erstaunlich klar artikulieren konnte. Fast schien es, als würde er immer dann, wenn er wirklich das Bedürfnis hatte, etwas loszuwerden, schlagartig nüchtern.

„Ich meine, ich war nicht son lästiger Autogrammjäger oder so. Ist nicht mein Ding, echt nicht. Es hätte mich halt nur gefreut, wenn er sich das mit meinen Chilirezepten mal angeguckt hätte. Bei den Schulen, die ich beliefere, kann ich so was ja nicht unterbringen. Die essen alle irgendwie nur Schonkost und Bioscheiß ... Wenn ich das schon höre. Geschmacksfrei, würde ich sagen. Die könnten auch Autoreifen an die Kids verfüttern und das als Veggie-Burger ausgeben,

Hauptsache, es klingt gesund und es werden keine Sinnesorgane überfordert."

Olis Catering-Service belieferte, wenn ich das richtig mitbekommen hatte, die Kindertagesstätte meiner Jungs. Wie ich gehört hatte, war es ihm gelungen, den heimlichen Standards für Schulessen – schlecht und teuer – vollauf gerecht zu werden. Ich wusste das aber nur vom Hörensagen, weil wir von Anfang an auf die klassischen, hausgemachten Pausenbrote gesetzt und auf seine Dienste verzichtet haben.

„Dabei stinkt Chili nicht mal", fuhr Oli beleidigt fort. „Ist nicht wie mit Knoblauch. Und dann noch die ganzen Vitamine …"

„Ja, danke, ist gut", stieß ich genervt hervor.

Oli zuckte zusammen, sah mich mit großen Augen an, stand dann einfach auf und verließ wortlos das Büro. Er schien tief getroffen.

„Was haben Sie mit dem jungen Mann angestellt?", fragte Luise, als sie zusammen mit Heinrich hereinkam.

„Der sieht aus, als hätte er eins auf die Nuss bekommen", stellte Heinrich belustigt fest.

„Ich wars nicht, er wars!", rief Yücel und zeigte auf mich.

„Sehr witzig", bemerkte ich säuerlich und fügte hinzu: „Hätte auch nicht gedacht, dass der so empfindlich ist."

„Ach, machen Sie sich mal keinen Kopf", sagte Luise. „Der fängt sich schon wieder."

„Genau", pflichtete Heinrich ihr bei. „Das scheint mir so ein typischer Heißsporn zu sein, schnell aufbrausend, aber er nimmt bestimmt keinem etwas ernsthaft übel, was, Luise?"

Ich verfolgte eine Weile, wie die Eheleute sich die Bälle zuspielten und dabei ganz nebenbei ihre Geschichte erzählten. Heinrich war als Geschäftspartner von Tewang ausgebootet worden, nachdem er gerade viel Geld – Luises Geld – in dessen neuestes Projekt gesteckt hatte. Die *Showküche* war Heinrichs Idee gewesen, doch Tewang hatte dafür gesorgt, dass dessen Name nirgendwo auftauchte. Er hatte es zum Glück nicht geschafft, ihnen die Lebensgrundlage zu entziehen, denn die war nicht Luises Erbe, sondern Heinrichs Ideenreichtum. Mit dem Gesellschaftsspiel *MindZapping*, bei dem die Spieler sich quer durch alle möglichen Fernsehserien zappten und dabei allerlei Unterhaltsames erfuhren, hatte er sich und seine Frau vor dem finanziellen Ruin bewahren können. Statt die beiden in der Sache zu befragen, ertappte ich mich dabei, dass ich förmlich an Heinrichs Lippen hing, als der mir das Konzept seines Verkaufsschlagers erklärte:

„Man zieht eine Karte mit einem Namen oder dem Titel einer Serie und hat dreißig Sekunden Zeit, um so viel wie möglich, was einem dazu einfällt, auf einem Zettel zu notieren. Sobald die Zeit abgelaufen ist, liest der Spieler seine Begriffe vor und ein anderer vergleicht sie mit den Angaben auf der Rückseite der Karte. Für jeden Film oder jede Fernsehserie, die man damit in Verbindung bringen kann, gibt es fünf Punkte, für Namen ebenfalls, für geschichtliches Hintergrundwissen oder Biografisches sogar zehn."

„Und was ist mit Begriffen, die nicht auf der Karte stehen?", fragte ich.

„Die zählen nicht", sagte Heinrich.

„Das heißt, wenn man schlauer ist als die Spiele-Erfinder, hat man trotzdem nichts davon?", fragte ich.

„Genau", bestätigte Heinrich und lächelte verschmitzt. „Das würde sonst nur Mord und Totschlag geben, glauben Sie mir. So schnell lässt sich oft gar nicht überprüfen, ob das, was jemand zu wissen glaubt, stimmt oder nicht. Ein paar Punkte nicht zu bekommen, weil die Spiele-Autoren eben nicht so klug waren wie man selbst – damit können die meisten ziemlich gut leben."

„Trotzdem …", begann ich, doch Heinrich brachte mich mit einer Geste zum Schweigen und zog eine Karte aus seiner Jackentasche.

„Sie haben dreißig Sekunden, um alles zu notieren, was Ihnen dazu einfällt. Luise, du nimmst die Zeit!"

„Aye, aye, Captain", erwiderte sie, schob den Ärmel über ihrer Armbanduhr zurück – mir fiel auf, dass sie die am rechten Handgelenk trug –, sah mir in die Augen und fragte: „Bereit?"

Ich nickte.

„Uuuund … los!" Heinrich legte eine Karte, auf der „Ein Herz und eine Seele" stand, vor mir auf den Schreibtisch. Die Fernsehserie kannte ich, meine Eltern waren eine Zeit lang regelrecht besessen davon gewesen und zum Jahreswechsel sahen wir nach dem obligatorischen „Dinner for One" noch heute die Episode *„Der Silvesterpunsch"*. Der Silvesterpunsch – das war dann auch der erste Begriff, den ich notierte, gefolgt von *Ekel Alfred*. Wie hieß der Schauspieler noch mal? Ach, egal. Die Idee stammte von Johnny Speight (den Namen schrieb ich hin), der Schwiegersohn wurde gespielt von Dieter Krebs (dito), der hatte außerdem als Kommissar bei Soko 5113 mitgespielt …

„Stopp!", rief Luise.

„Was denn, schon?", fragte ich und kam mir im nächsten Moment reichlich bescheuert vor. Wie lang sollte eine halbe Minute denn wohl sein? Immerhin hatte ich es auf fünf Begriffe gebracht, das war doch gar nicht so schlecht. Für Dieter Krebs, Soko 5113 und Johnny Speight bekam ich jeweils fünf Punkte, für Ekel Alfred und den Silvesterpunsch ging ich jedoch leer aus. Klar, das waren weder Namen noch

Serientitel. „Viel mehr hätte sich hier wahrscheinlich auch gar nicht sagen lassen, oder?", fragte ich und lehnte mich zurück.

Luise nahm die Karte hoch und drehte sie um. „Wie mans nimmt", sagte sie und begann, eine nicht enden wollende Liste von Namen – darunter auch Tony Blair und Abraham Lincoln – und Serien, unter anderem „Sherlock", vorzulesen.

„Schon gut", räumte ich kleinlaut ein. „Verraten Sie mir, was der britische Expremier, ein US-Präsident und Sir Arthur Conan Doyles Meisterdetektiv mit dieser urdeutschen Fernsehserie zu tun hatten?", fragte ich.

„Hm, würde ich gerne", sagte Luise. „Aber das steht hier nicht."

„Nun, da kann ich helfen", sagte Heinrich und nahm die Karte wieder an sich. „Die Serie wurde fürs deutsche Fernsehen adaptiert. In England lief sie unter dem Titel ‚Till death us do part'. Die Rolle des Schwiegersohns, die hier von Dieter Krebs gespielt wurde, übernahm dort Antony Booth, auch bekannt als Tony Booth, der Vater von Tony Blairs Frau Chérie. Tochter Rita wurde in der britischen Version von Una Stubbs verkörpert, der späteren Vermieterin Mrs. Hudson in der BBC-Serie ‚Sherlock'."

„Wahnsinn", sagte ich. „Und Abraham Lincoln? Wie passt der da rein?"

„Der wurde 1865 von einem gewissen John Wilkes Booth ermordet, amerikanischer Schauspieler, Spross einer englischen Einwandererfamilie, Freund der Südstaaten und Vorfahr von Antony Booth und damit natürlich auch von Tony Blairs Gattin."

Wow. So viel Information – noch dazu solche, die für die Lösung dieses Falles absolut unerheblich war – musste ich erst einmal verdauen. Nachdem Luise und Heinrich wieder gegangen waren, schrieb ich „Verwicklungen" hinter den Buchstaben V.

„Noch eine Befragung, dann haben wir es geschafft", sagte Yücel.

W wie Weinkönigin, notierte ich schnell.

„Ihre Majestät die hochwohlgeborene Nancy von und zu Hochstädter, ehemalige Weinprinzessin von Rheinhessen und amtierende Rotweinkönigin von … Tut mir leid, der Name des Ortes ist mir glatt entfallen." Mit diesen Worten geleitete Yücel die blonde Nancy in unser gläsernes Büro. Trotz ihres mittlerweile beachtlichen Alkoholpegels gelang es dieser, mühelos auf ihren Fünfzehn-Zentimeter-Absätzen bis zu einem der mir gegenüberstehenden Stühle zu stöckeln und sich darauf niederzulassen. Yücels beißender Spott war ihr nicht nur entgangen, sie schien sich regelrecht in seiner Ankündigung zu sonnen. Adrett schlug sie das rechte Bein über das linke und sah mich mit einem Lächeln an, das wohl verführerisch wirken sollte.

Ein Schwein auf Kufen, musste ich unwillkürlich denken. So nannte Susanne immer Frauen, die sich leicht übergewichtig auf etwas zu hohen Schuhen in etwas zu engen Klamotten durch die Gegend bewegten und sich für Gottes Geschenk an die Männer hielten.

„Wenn ich mich dann entfernen darf", sagte Yücel schwülstig, drehte sich elegant auf dem linken Absatz um und verließ die Kabine. Reiner Selbstschutz, wie ich annahm. Wäre er wie bei allen anderen auch hier dabeigeblieben, hätte er vermutlich eine dämliche Bemerkung nach der nächsten abgefeuert. Ich setzte mein charmantestes Lächeln auf, während ich mich fragte, ob Nancy rein promillemäßig bereits vor Chili-Oli lag und es aufgrund ihres lebenslangen Trainings einfach besser wegstecken konnte.

„Also, ich weiß gar nicht", begann sie mit einem fast unmerklichen Lallen in der Stimme, „warum ich hier vernommen werde."

„*Au contraire, Madame*", entgegnete ich, „das ist kein Verhör. Wir wollen nur die Zeit ein wenig nutzen, um vielleicht ein bisschen Licht in die Sache zu bringen. Sehen Sie mal", sagte ich, automatisch wieder zum „Sie" wechselnd, während ich mich leicht nach vorne beugte, „wir kommen hier erst mal sowieso nicht raus und falls der Mörder unter uns ist, sollte es für uns anderen doch von erhöhtem Interesse sein, ihn oder auch sie zu finden."

„Was meinen Sie mit ‚SIE'? Sie denken doch nicht etwa, dass ich ...?"

„Nein, nein, nein," beschwichtigte ich sie, „keine Sekunde würde ich so eine reizende Person wie Sie für eine Mörderin halten, es ist nur so ..."

„Ja?", fragte sie. Ihr Ton war messerscharf und das Lächeln gänzlich aus ihrem Gesicht verschwunden.

„Nun ja, Sie hätten ein Motiv."

„Wie meinen Sie denn das?" Ihre Stimme hatte nun einen leicht hysterischen Unterton.

„Korrigieren Sie mich, falls ich da was falsch in Erinnerung habe, aber Sie und der Verblichene waren doch schließlich bis vor gar nicht allzu langer Zeit ein Paar."

„Na und?", platzte sie heraus. „Ich habe viele Verehrer, schließlich bin ich eine der begehrtesten Junggesellinnen Rheinhessens und ich habe es dem guten Hajo eine Weile gestattet, mir den Hof zu machen."

„Darf ich Sie bitten, mir zu verraten, warum Sie sein Werben dann letztlich doch abgewiesen haben?"

Ich stützte mein Kinn in die linke Handfläche und ließ sie lächelnd in die Falle laufen. Ich hatte vor nicht einmal ganz vier Wochen im Wartezimmer meines Arztes, als ich meine anstehende Vasektomie besprechen wollte, alle schmutzigen Details der Trennung des ehemaligen Traumpaares gelesen. Normalerweise steht die Rainbow-Press nicht auf meiner Lektüreliste, aber das mir bekannte Gesicht des nun so abrupt Verstorbenen auf dem Titelbild hatte meine Aufmerksamkeit auf das Blatt gezogen und mangels sinnvoller Alternativen hatte ich den ganzen Artikel gelesen.

Sie hielt mich offensichtlich auch nicht für einen „In Touch"-Leser und ging mir glatt auf den Leim. „Na ja, er war nicht ganz auf meinem gesellschaftlichen Niveau, nur ein Koch eben, und er wurde mir schnell langweilig, da hab ich ihm den Laufpass gegeben."

„Hmm", holte ich zum entscheidenden Schlag aus, „ist es nicht vielmehr so, dass er SIE in die Wüste geschickt hat?"

Ihr Mund öffnete sich leicht, ich ließ ihr jedoch keine Zeit für eine Antwort.

„Ist es nicht so, dass Sie nicht nur einen emotionalen Schaden davongetragen haben, sondern auch einen recht massiven materiellen?"

Ihr Mund klappte noch weiter auf und sie setzte zu einer empörten Entgegnung an, aber ich ließ sie wieder nicht zu Wort kommen.

„Stimmt es nicht, dass er sich nicht nur von Ihnen getrennt, sondern auch den Wein Ihres Vaters von den Karten all seiner Restaurants gestrichen hat? Stimmt es etwa auch nicht, dass der gute Hajo überall herumgetönt hat, die, ich zitiere: „Brühe", die Ihr Vater keltert, würde er nicht mal in seinen Kühler schütten?" Gut genug, um sie den Gästen seiner Kochsendung vorzusetzen, mussten sie ihm dann aber doch gewesen sein. Mir ging gerade ein Licht auf, woher Nancy den Wein, mit dem sie uns so reichlich zu bewirten versuchte, herhatte. Tewang hatte ihn, sparsam wie er war, von seinen Restaurants ins Möbelhaus bringen lassen, um sie als Sachkosten für die Sendung auf seiner Rechnung für die Redaktion unterzubringen, dessen war ich mir sicher. Ein paar Flaschen hatte er vermutlich im Kühlschrank deponiert, wo Nancy sie entdeckt hatte, dann war sie ihrem Instinkt gefolgt und hatte weitere Kisten gefunden – höchstwahrscheinlich im Kühlraum. Ich meinte mich daran zu erinnern, dort vorhin im kurzzeitig aufblitzenden Licht Weinkartons gesehen zu haben. „Und stimmt es etwa auch nicht, dass Ihr Weingut, um das es sowieso in letzter Zeit nicht gut bestellt war, daraufhin gänzlich ruiniert ist?"

Sie schien trotz des offenen Mundes das Atmen eingestellt zu haben.

„Hat er Sie in einem Interview nach der Trennung nicht sogar als *einfältige Presswurst* bezeichnet?"

„Sie blödes Wiesbadener Arschloch."

Sie stand auf und verließ das Büro schnurstracks. Yücel hielt sie draußen kurz an und ich sah, wie sie etwas aus der Tasche ihres Jacketts zog und ihm in die Hand drückte. „Ihre Einladung. Die fehlte noch", sagte er, als er einen Augenblick später hereinkam und sie zu den anderen auf den Schreibtisch legte. „So, dann haben wir jetzt wohl alles zusammen. Lass uns die Ergebnisse mal der Reihe nach durchgehen … Sag mal, ist was mit dir? Du guckst so komisch." Das galt mir.

„Sie hat mich Wiesbadener Arschloch genannt", sagte ich fassungslos.

Yücel grinste. „Na ja, hätte schlimmer kommen können. Wenn du von da kämest, wo ich herkomme, zum Beispiel. Oder aus Schwaben …"

„Wer, bitte schön, glaubt die, dass sie ist?"

„Falsch!", sagte Yücel und wackelte tadelnd mit dem Zeigefinger hin und her. „Die glaubt nicht, die weiß ..."

„Na, wenn du meinst", brummelte ich. „Hätte ich das gewusst, hätte ich mir die ganz bestimmt nicht bis zum Schluss aufgehoben. Ich dachte, das würde das einfachste Verhör von allen."

„Wars doch auch", fand Yücel. „Wenn du sie mit der Zeitungsgeschichte konfrontiert hast ... Das hast du doch, oder? Na bitte. Dann weiß sie jetzt, dass du weißt, dass es eine Verbindung zwischen ihr und Tewang gab. Auch wenn sie erst mal vorgibt, sauer auf dich zu sein – sie wird alles tun, damit der Verdacht nicht an ihr hängen bleibt und nun die anderen bespitzeln und denunzieren, was das Zeug hält. So schnell hast du es noch nie geschafft, jemanden zu deinem Mitarbeiter zu machen. Und das auch noch ohne Bezahlung!"

Noch bevor Yücel zu Ende gesprochen hatte, stand Nancy wieder vor mir. Sie vermied es zwar, mich anzusehen und wandte sich ausschließlich an meinen Freund, doch es war klar, dass die Botschaft für mich bestimmt war: „Entschuldigung, ich weiß ja nicht, obs wichtig ist, aber ich hab da was beobachtet", sagte sie. „Diese Reporterin ... Die, die ständig hier herumschnüffelt, komische Fragen stellt und alles mitkritzelt. Ihre Zeitung wollte mal eine Homestory mit Hajo und mir machen. Aber Hajo hat abgelehnt. Daraufhin hat das Käseblatt alles boykottiert, das mit ihm oder mir zu tun hatte. Nicht, dass wir darauf angewiesen gewesen wären, aber ärgerlich war es natürlich trotzdem ... Na ja, jedenfalls ... Wundert mich, dass sie heute hier ist, denn ich glaube, das Möbelhaus stand auch auf ihrer schwarzen Liste."

14

Sie fragte sich, wie lange es dauern würde, bevor sie sich gegenseitig an die Gurgel gingen. Menschen taten so etwas, wenn sie in Bedrängnis gerieten. Manchmal sogar wiederholt. Schüler, die nur ein Stirnrunzeln des Schulleiters davon entfernt waren, von der Schule zu fliegen, prügelten sich trotzdem hemmungslos im Unterricht, sobald ihr Kontrahent sie nur entsprechend reizte. Ob das die Absicht des Mörders gewesen war? Einfach die Meute machen lassen, bis das Opfer unaufmerksam wird und im allgemeinen Wirrwarr unbemerkt erledigt werden konnte? Sie hatte bisher den Eindruck gehabt, dass er gut auf sich selbst aufpassen konnte. Jetzt war sie sich da nicht mehr so sicher. Er hatte gute Reflexe, das schon. Aber er war leicht abzulenken, war oft mehr mit seiner Wirkung auf andere beschäftigt als damit, einer Spur zu folgen. Vieles entschied er einfach aus dem Bauch heraus, was ihn zwar sympathisch machte, jedoch nicht die beste Lebensversicherung war. Er war nicht konsequent genug – nicht fokussiert genug, berichtigte sie sich in Gedanken. Das war sein wunder Punkt und machte ihn angreifbar. Wenn sie mit ihrer Vermutung richtig lag – dass dem so war, daran hatte sie inzwischen überhaupt keinen Zweifel mehr –, dann hatte der Mörder ein sehr persönliches Motiv. Etwas, das ganz zentral mit ihm zu tun hatte. Die Situation war kein Zufallsprodukt, sondern das Ergebnis langer, sorgfältiger Recherche. Die ersten Querverbindungen hatte sie bereits durch intensives Beobachten herausfinden können. Nur ihre Anwesenheit war nicht geplant gewesen, was aber offenbar nicht weiter ins Gewicht fiel. Sie war halt eine Statistin mehr, die man erst beim großen Spektakel dabei sein lassen und dann vermutlich zusammen mit dem Rest eliminieren würde.

Die Vorstellung machte ihr keine Angst. Es bereitete ihr jedoch ein wenig Sorge, dass sie möglicherweise wieder zur Mörderin werden musste, um zu verhindern, dass jemand die Verhältnisse derart ungehemmt umgestaltete. Nun, sie würde ihr Bestes geben, um Unheil von ihm abzuwenden. Wenn er ihr nur endlich ein bisschen unvoreingenommener zuhören würde. Das würde vieles vereinfachen.

15

Ratlos starrte ich auf meine ABC-Liste und umkreiste den Buchstaben „E" mit dem Kugelschreiber. Der Platz dahinter war bisher leer geblieben, nun schrieb ich „Ergebnisse?" dorthin, strich das Fragezeichen wieder weg und schrieb es stattdessen als Wort hinter den Buchstaben „F", zu dem mir auch noch nichts eingefallen war.

„Zeig mal her!"

Yücel nahm mir Liste und Stift aus der Hand, um ein paar Ergänzungen vorzunehmen. Nachdem er fertig geschrieben hatte, gab er mir beides zurück. „Einladungen" und „Ermittler" las ich hinter E und „verdächtig" unter V.

„Die Einladungen sind der Schlüssel zu diesem Fall, da bin ich mir ganz sicher", erklärte mein Freund und deutete auf das Sammelsurium, das wir auf dem Schreibtisch ausgebreitet hatten. Neben Kathrins und meiner Einladung, die wir schon eingehend untersucht hatten, lagen dort ein großformatiger Kunstdruck des Johannesburger *Hard Rock Café* für das Schlagertrio *Kaffee, Milch & Zucker*, eine flaschenförmige Klappkarte für Nancy, ein handgeschriebener Brief auf Büttenpapier für Luise und Heinrich, eine Postkarte aus dem Atelier *Foodwalk*, bei dem Salatköpfe und Ketchupflaschen als Models über einen Laufsteg stolzierten (dort hatte ich ja auch schon Spuren gefunden), für Flora und Karl-Theodor, eine Postkarte mit einem Filmmotiv aus „High Noon" für Oli und der Ausdruck einer an die Redaktion gerichteten E-Mail-Einladung, die von Carla wahrgenommen worden war.

„Was meinst du mit Ermittler?", fragte ich. „Das sind ja wohl wir beide."

„Und Klaus", ergänzte Yücel.

„Und Klaus", räumte ich widerwillig ein.

„Und Carla", fuhr Yücel ungerührt fort. „Die führt hier eindeutig ihre eigenen Ermittlungen durch; sie spricht mit Leuten und macht sich am laufenden Band handschriftliche Notizen."

„Ich weiß, aber die hat sie uns vorhin sehr bereitwillig gezeigt", sagte ich.

Zumindest in dieser Hinsicht hatte ich nicht den Eindruck, dass sie uns irgendetwas vorenthielt.

„Außerdem ist sie nicht die Einzige. Kathrin hat ihren Bleistift mindestens ebenso locker sitzen", ergänzte ich, doch mein Freund winkte ab.

„Bleistift zählt sowieso nicht", fand er. „Wer damit schreibt, meint es nicht ernst. Man kann ja alles, was man einmal notiert hat, wieder ausradieren."

„Eine steile These", murmelte ich und fragte mich, von welcher Relevanz das für unseren derzeitigen Fall sein sollte.

Aber wenn ich Yücel richtig verstanden hatte, ging es ihm hauptsächlich darum, dass ich mich noch mal mit Carla befasste. Fast schien es, als freute sie sich, ein weiteres Mal ins gläserne Kabuff gebeten zu werden. Noch bevor ich überhaupt ein Wort sagen konnte, griff sie nach der „Hard Rock Café"-Karte für das Schlagertrio. „Das ist bitter", murmelte sie, nachdem sie den Text überflogen hatte. „Zwölf Jünger erschienen zum Abendmahl", stand dort.

„Meinst du, weil der Gastgeber am Ende mit dem Leben bezahlt?", fragte ich.

„Nicht nur der, auch einer der Gäste", erklärte Carla. „Der, der ihn verraten hat, konnte mit seiner Schuld nicht leben und hat sich schließlich selbst umgebracht. Aber das meine ich nicht."

„Sondern?"

„Wer ist hier der Ermittler – du oder ich?", fragte Carla

und drückte mir die Karte in die Hand. „Versuch es ruhig einmal mit einer KaWa. Welche Assoziationen springen dich regelrecht an, wenn du allein das Bild betrachtest?"

Yücel und ich tauschten einen Blick. Es schien weitaus mehr Birkenbihl-Fans zu geben als gedacht.

„Mal sehen", begann ich, „Hard Rock Café Johannesburg … Südafrika, Musik, Kaffee …"

Kaffee ohne Milch und Zucker, also Kai. Der sah aus wie Heino. Und Heino war zu Zeiten der Apartheid in Südafrika aufgetreten (wenn auch vermutlich nicht im Hard Rock Café in Johannesburg). Weiter … Südafrika. Das Land mit den meisten HIV-Positiven. Plötzlich saß ich in Gedanken nachts in einem Auto in einem Mainzer Vorort und wartete darauf, dass jemand versuchen würde, eine Scheune abzufackeln. Damit ich beim Observieren nicht einschlief, lief mein Radio leise. Das war vor einem Jahr gewesen, doch noch immer hatte ich die Meldung im Ohr, die mich damals so aufgeregt hatte: *„Der Rapper Kai Oltmanns, bekannt unter dem Künstlernamen Jumping Heino, wird nicht länger in der Sendung des Fernsehkochs Hajo Tewang als Hobbykoch auftreten. Dies teilte ein Sprecher Tewangs mit. Grund sei, dass der Sänger, anders als mit der Sendeleitung vereinbart, seine AIDS-Erkrankung öffentlich gemacht hatte und sinkende Einschaltquoten zu befürchten seien."* Hier ging es um ein Menschenleben und die faselten von Einschaltquoten!

„Kaffee ist aus Tewangs Sendung geflogen, weil er AIDS hat", sagte ich laut.

Carla sah mich einen Moment an.

„Nicht schlecht", sagte sie dann und nahm Kathrins Einladung in die Hand. „Soll ich den Text hier noch mal vorlesen?"

„Den kenne ich mittlerweile schon in- und auswendig", sagte ich, woraufhin Carla das Blatt überflog und dann achselzuckend zurücklegte. „Bemühter Stil", konstatierte sie. „So hört sich das an, wenn ein Bodybuilder versucht, lyrisch zu werden."

Bodybuilder, Türsteher, Sicherheitsmann, dachte ich. Doch da war noch etwas, das ihr nicht aufgefallen war, etwas, was ich vorhin bemerkt hatte. Gerade wollte ich einen Punkt Vorsprung für mich verbuchen, als sie fragte: „Ist dir aufgefallen, wie gut sie sich hier auskennt?"

Aus den Augenwinkeln sah ich, dass auch Yücel leicht zusammenzuckte. Ich versuchte, mir nichts anmerken zu lassen, doch sie hatte recht. Als wir ankamen, hatte Kathrin so geklungen, als sei sie noch nie hier gewesen und hätte nicht ahnen können, was sie hier erwartete. Doch sie hatte gewusst, dass es hier einen Schinken gab, als erste den Weg in die Backstage-Küche gefunden und auch den passenden Wein sehr schnell zur Hand gehabt.

„Als Kochkursleiterin findet sie sich überall schnell zurecht", sagte ich betont beiläufig.

„Na, wenn du meinst", entgegnete Carla.

Klang, als wüsste sie mehr, doch um sie zum Reden zu bringen, hätte ich mir von ihr in die Karten schauen lassen müssen, im übertragenen Sinne. Und dazu war ich nicht bereit, jedenfalls noch nicht. Instinktiv schob ich die restlichen Einladungen beiseite, sodass sie außerhalb ihrer Reichweite waren und bat Carla stattdessen, mir noch mal kurz ihre Notizen zu zeigen. Ein kurzer Blick genügte, um festzustellen, dass ihre Handschrift nicht mit den durchgedrückten Buchstaben auf Kathrins oder Floras und Karl-Theodors Einladungen übereinstimmte. Zum Zeichen dafür, dass das Gespräch beendet war, fragte ich Carla, ob sie ihren Notizen noch weitere Beobachtungen hinzuzufügen hätte. Sie sah mich ruhig an, schüttelte den Kopf und stand auf.

„Falls du keine weiteren Fragen mehr an mich hast", begann sie und sah mich abwartend an.

„Im Augenblick nicht", sagte ich und ließ sie gehen, obwohl ich mir sicher war, dass sie mir auch zu den anderen ein paar aufschlussreiche Dinge würde erzählen können, auf die ich nicht von selber kommen würde. Das war nicht besonders professionell von mir, ich weiß, und rückblickend kann ich noch immer nicht sagen, ob es Vorsicht oder Eitelkeit war, die mich auf ihre wertvolle Hilfe verzichten ließ.

„Gib mir noch mal die Liste", sagte Yücel, nachdem Carla gegangen war. Er schrieb „12" hinter das Z. Fragend sah ich ihn an.

„Z wie zwölf. Darauf hat sie uns vorhin schon hingewiesen, erinnerst du dich? Es dreht sich immer wieder alles um die Zahl zwölf", erklärte Yücel und begann aufzuzählen: „Du und ich, das Schlagertrio, das sind schon mal fünf. Zwei Ehepaare, das macht neun. Plus vier Singles – Kathrin, Carla, Nancy, Oli. Das wären dann … na? Genau, dreizehn. Und das bedeutet …"

„Das bedeutet", ergänzte ich, „aktuell haben wir, auch wenn wir Klaus nicht mitrechnen, auf jeden Fall einen zu viel an Bord."

Ich überflog noch mal die Protokolle und dabei war mir, als durchlebte ich jede einzelne Befragung aufs Neue in Echtzeit, wenn nicht gar in Zeitlupe. Da mir nichts Besseres einfiel, drehte ich die erstbeste Karte, die mir in die Finger geriet, um und sah noch mal auf den Einladungstext. Dabei fiel mir auf, dass Karl-Theodors Name aus dem Rahmen fiel, was das Schriftbild anging. Er war ganz ähnlich geschrieben wie der Rest des Textes, doch die Buchstaben neigten sich eine Idee zu weit nach rechts. Das wäre mir bestimmt schon vorhin aufgefallen, wenn nicht der Salatkopf auf Stöckelschuhen meine volle Aufmerksamkeit in Anspruch genommen hätte. Ich musste unbedingt daran arbeiten, nicht immer nur auf einzelne Details anzuspringen, sondern das große Ganze im Blick zu behalten. *Linkshänderschrift*, kam es mir in den Sinn. Den naheliegenden Verdacht, Karl-Theodor habe sich selbst auf die Gästeliste geschummelt, um seine Frau besser kontrollieren zu können, hatte Karl-Theodor ja schon vorhin weit von sich gewiesen. Bei dem Gespräch, das höchstens fünf Minuten gedauert hatte, schien er mir zu ehrlich überrascht, um nicht die Wahrheit zu sagen.

Auch beim Schlagertrio gab es über das hinaus, was Carla mir bereits auf dem Silbertablett serviert hatte, keine weiteren Erkenntnisse. Wie ich bei einem Blick durch die Glasscheibe zu erkennen glaubte, waren sie reichlich angeschickert. Vermutlich hatten sie die Wartezeit genutzt, um mit Oli weiterzubechern. Der war aber weitaus schneller betankt als sie und hatte, wenn ich das richtig mitbekommen hatte, wieder einmal das Sofa, das außerhalb unseres Sichtbereiches stand, für ein Nickerchen angesteuert. Ich fragte mich, ob seine Versuche, Hajo Tewang auf den Chili-Trip zu bringen, wirklich der einzige Grund für Unstimmigkeiten gewesen waren. Vielmehr ging es darum, jetzt erinnerte ich mich wieder, dass der Starkoch den Schulcaterer wegen Stalkings angezeigt hatte. Das hatte Olis Missionierungseifer vermutlich nur noch weiter angeheizt, sodass Tewang ihn schließlich per Gerichtsbeschluss dazu zwingen musste, sich von ihm fernzuhalten. Ich war mir sicher, dass Oli sich auch aus der Entfernung über jeden einzelnen von Tewangs Schritten auf dem Laufenden gehalten und geahnt hatte, dass er ihn heute hier treffen würde. Das erklärte vielleicht seinen wechselhaften Zustand. Er war anfangs verwirrt gewesen, hatte vermutlich geschwankt zwischen der Hoffnung, doch wieder in den erlesenen Kreis von Tewangs Sozial- oder Geschäftskontakten (die Grenzen waren hier fließend) aufgenommen zu werden, und der Angst vor einer endgültigen, öffentlichen Abreibung, die ihn vernichten würde. Nun war er mit der Situation eindeutig überfordert, trank tapfer gegen seine Verunsicherung an, was ihn zwar beruhigte, aber offenbar auch schnell wieder ausnüchterte. Das nannte ich mal ein gelungenes Beispiel für therapeutisches Trinken.

Mein Blick fiel auf Heinrich und Luise und als ich die beiden Schulter an Schulter dort sitzen und seelenruhig dem, was auch immer kommen mochte, entgegensehen sah, packte sie mich wieder: die kalte Wut auf den Verblichenen. Er war ein intrigantes – pardon – Arschloch gewesen, das seine Mitmenschen um alles brachte, das ihnen etwas wert war, und sie dann fallen ließ. Manche davon – wie zum Beispiel Nancy – hatten es vielleicht nicht besser verdient, aber wer so netten Leuten wie Heinrich und Luise zu Leibe rückte, musste abgrundtief böse sein.

Ich schob die Blätter zur Seite und sah auf die Uhr. Uns blieb noch immer eine halbe Stunde, uns selbst aus dieser misslichen Lage zu manövrieren, bevor Susanne aktiv werden würde.

„Lass uns mal zu den anderen rübergehen", schlug Yücel vor und gab mir die Liste. Ich wollte sie gerade auf den Stapel mit den Protokollen legen, als mein Blick auf das G fiel.

„G wie Galgen", murmelte ich. „Oder G wie … Meine Güte, dass ich da nicht früher drauf gekommen bin."

Durch die Glasscheibe spähte ich in die Showküche. Bis auf Oli, der vermutlich immer noch auf dem Sofa lag, saßen alle um den Tisch herum versammelt. Flora und Karl-Theodor saßen zwar nebeneinander, hatten einander aber demonstrativ den Rücken zugekehrt. Das Schlagertrio hatte irgendwo ein Kartenspiel gefunden und drosch einen Skat, Nancy war wieder dazu übergegangen, allen ungefragt Wein einzuschenken, den sie aus einer schier unerschöpflichen geheimen Vorratskammer zu holen schien, Heinrich und Luise hielten sich an den Händen und Klaus saß zwischen Kathrin und Carla und schrieb eifrig an seinem Bericht. Dabei konzentrierte er sich so sehr auf seinen Block, dass er des Öfteren Carla leicht mit dem Arm anrempelte, die sich darüber so aufregte, dass sie ihm schließlich vorschlug, die Plätze zu tauschen.

Er warf ihr einen fragenden Blick zu, sobald sie zu seiner Rechten saß und sie nickte ihm zu, was wohl bedeuten sollte, dass es so nun besser war. Carla und Kathrin, die nach diesem Wechsel nebeneinandersaßen, tauschten einen vielsagenden Blick, dann wandten sie sich wieder ihren jeweils eigenen Notizen zu.

„Da! Hast dus gesehen?", fragte ich.

„Was gesehen?", fragte Yücel und fügte hinzu, ohne eine Antwort abzuwarten: „Sollten wir jetzt nicht endlich mal rübergehen?"

„Auf keinen Fall!", rief ich. „Wir machen es wie Nero Wolfe, der zum Schluss immer alle Verdächtigen in seinem Büro zusammenruft und die Lösung des Falls präsentiert."

„Ach, nun ja", sagte Yücel spitz. „Fehlt nur noch eine Kleinigkeit. Oder habe ich was verpasst? Hast du den Fall schon gelöst?"

Ich stand auf.

„Werter Freund", sagte ich feierlich und deutete eine Verbeugung an. „Das habe ich in der Tat. Jedenfalls –"

„Ja-ah?"

„So gut wie."

16

Wozu hatte sie sich eigentlich verstiegen? Sie musste den Kopf darüber schütteln, wie bereitwillig sie ihr Schicksal in fremde Hände gelegt und alles auf die „Messias, leuchte mir den Weg zur Glückseligkeit"-Karte gesetzt hatte.

Vorhin hatte es kurz in seinen Augen aufgeblitzt und für einen Moment hatte sie gedacht, er habe sie durchschaut. Könne in ihr lesen wie in einem offenen Buch, ihr ansehen, was sie getan hatte. Wollte sie, dass er sie überführte, weil sie es nicht aushalten konnte, dass sie drei Menschen umgebracht hatte und keinerlei Reue empfand? Dass sie trotzdem weiterhin unbehelligt herumlief? Wem wäre damit geholfen, wenn sie im Gefängnis saß? In Freiheit war sie wertvoller als hinter Gittern. Sie konnte anderen nützlich sein, ihm nützlich sein, indem sie ein Auge auf ihn hatte und ihn vor Schaden bewahrte.

Jetzt erst erkannte sie das Ausmaß der Chance, die in ihrer Begegnung lag: Sie würden sich entweder mit vereinten Kräften aus dieser Situation befreien – oder zusammen untergehen. Er brauchte sie mindestens genauso sehr wie sie ihn, es war kein Guru-Jünger- oder Arzt-Patient-Verhältnis, sondern ein Geschäft auf Gegenseitigkeit.

Das hieße ja … Sie war noch nicht am Ende, ihr Leben war nicht verpfuscht und es gab tatsächlich eine Mission, die sie zu erfüllen hatte. Sie konnte nicht wieder von vorne anfangen, nicht hinter das, was sie getan oder erlebt hatte, zurück. Aber sie konnte eine neue Abbiegung nehmen und sehen, wohin der Weg sie führte.

Für einen Moment fühlte sie sich in ihre Kindheit zurückversetzt. Kein Unglück hatte ihre Zuversicht, dass sie gestärkt aus jeder noch so vertrackten Situation hervorgehen würde, zu erschüttern vermocht. Was hatte sie damals so sicher gemacht? Nun, höchstwahrscheinlich das Bewusstsein, dass sie zu den Guten gehörte. Es gab eine Phase, in der sie sogar davon ausgegangen war, als regelmäßige Kirchgängerin sei sie etwas Besseres. Übertreiben durfte man es natürlich nicht, aber wenn man sich leidlich oft in der Öffentlichkeit beim Beten zuschauen ließ, steigerte das das soziale Ansehen. Schnell blickte sie um sich. Als sie davon ausgehen konnte, dass niemand zu ihr hinübersah, schloss sie die Augen und betete das Vaterunser. Und zur Sicherheit auch gleich noch den Psalm 23: „Und ob ich schon wanderte im finsteren Tal, so fürchte ich kein Unglück, denn du bist bei mir ..."

Wie immer das hier zu Ende gehen mochte, sie sah ihren Weg ganz klar vor sich. Sie würde keine Energie mehr darauf verschwenden, eigene Verbrechen zu vertuschen oder gar neue zu begehen, sondern all ihre Fähigkeiten und Intuition dafür einsetzen, um nach Kräften fremde aufzuklären. Vielleicht würde sie dabei auch an die Wurzel dessen, was sie angetrieben hatte, gelangen. Bis dahin war es allerdings, das konnte sie spüren, noch ein weiter Weg. Sie würde sich darum kümmern, wenn es so weit wäre. Jetzt galt es zunächst einmal, das Naheliegende zu tun und ihn, alle anderen und sich selbst – in dieser Reihenfolge – in Sicherheit zu bringen.

17

Tatsächlich hatten sich alle ohne Murren von mir zusammenrufen lassen und warteten nun gespannt darauf, dass ich ihnen die Lösung des Falls präsentierte. Die Bürovariante à la Nero Wolfe[3] schied aus, da das gläserne Kabuff dafür zu klein war, also wählte ich wie bei „Death in Paradise"[4] einen Dreh- und Angelpunkt des Verbrechens als Versammlungsort: den Kühlraum.

Dieser war mittlerweile gar nicht mehr so über die Maßen kalt, sondern die Raumtemperatur erinnerte an einen kalten Herbsttag, an dem man nicht so recht wusste, ob man schon die Heizung einschalten sollte. Ich bat alle, sich einen Stuhl aus der Küche mitzubringen und einen Halbkreis um die Kühltruhe, auf der der tote Koch nun gewissermaßen aufgebahrt lag, zu bilden. Dass sie dabei gleichzeitig auch die Tierkadaver an den Haken im Blick haben mussten, war durchaus Absicht. Irgendetwas sagte mir, dass der Täter zwar von Rache getrieben war und zu einigem bereit, jedoch kein eiskalter Profi. Vielleicht würde die Atmosphäre hier ihn aus der Reserve locken.

Ich ließ meinen Blick über die Versammelten schweifen und stellte mir vor, ich wäre ein Fotograf, der zu jedem, den er im Bild festhielt, schnell noch ein paar Stichworte aufschrieb, um später auch alles richtig zuordnen zu können. Von rechts nach links saßen dort also – klick – Karl Theodor (mäßig erfolgreicher Immobilienmakler zwischen Verlustangst und Größenwahn) – klick – Flora (Ex-Model, das mit der Heirat

---

3) *Bekannt geworden ist der New Yorker Privatdetektiv aus der Feder von Rex Stout in Deutschland in den 80er-Jahren vor allem durch die Fernsehserie mit William Conrad in der Hauptrolle.*
4) *Die britisch-französische Fernsehserie wird seit 2011 produziert und ist seit 2012 im deutschen Fernsehen zu sehen.*

vorübergehend alle eigenen Karrierepläne an den Nagel gehängt hatte, bevor ihr klar wurde, dass mit diesem Ehemann kein Blumentopf zu gewinnen war und die nun an einem Comeback arbeitete) – klick – Kai, Mehmet und Zoran (der personifizierte Dreiklang, gehörten zusammen wie Kaffee, Milch und Zucker, nicht unbedingt geschmackssicher, aber höchstwahrscheinlich harmlose Burschen – jedenfalls wünschte ich mir das) – klick – Heinrich und Luise (das perfekte Paar, liebenswert und altersweise) – klick – Nancy (ich hatte noch immer keine Retourkutsche für ihr „Wiesbadener Arschloch" gefunden und merkte, dass die Suche danach der einzige Zusammenhang war, in dem ich im Augenblick auch nur einen Gedanken an sie zu verschwenden bereit war) – klick – Oli (war wie eine Elster vom glitzernden, funkelnden Ruhm Tewangs besessen gewesen, verfügte ansonsten aber nüchtern wie volltrunken über ein gesundes Selbstvertrauen und nahm grundsätzlich nichts persönlich) – klick – Kathrin (zupackend, patent, nahm ihr Schicksal in die eigene Hand und welche Methode auch immer sie dabei anwandte, sich dem aufziehenden Chaos schreibend entgegenzustemmen, sie kam beim Füllen ihrer Notizbuchseiten bedeutend zügiger voran als ich) – klick – der Stuhl war noch frei – klick – Carla (lebenserfahren, sehr strukturiert, klug, gebildet und ein wenig unheimlich). Wer fehlte noch? Klaus. Der stand neben mir und schwenkte seinen Notizblock.

„Sollten wir nicht erst mal unsere Ergebnisse vergleichen?", fragte er.

„Hm ja, danke", sagte ich schnell und nahm ihm seine Aufzeichnungen aus der Hand. Er blieb einen Moment lang unschlüssig neben mir stehen, dann zuckte er mit den Achseln und setzte sich auf den freien Platz.

Ich wartete, bis alle ruhig waren, dann räusperte ich mich

und setzte zu meinem Kurzvortrag an: „Die Untersuchungen sind nun abgeschlossen", begann ich. „Zunächst einmal möchte ich mich bei allen Beteiligten für ihre rückhaltlose Unterstützung bedanken. Die Gespräche waren sehr aufschlussreich, sodass es mir gelungen ist, die Fäden zusammenzuführen und diesen Fall, die Ermordung Hajo Tewangs, aufzuklären – wenn auch nicht lückenlos."

Atemlose Stille, einzig gestört durch Olis leises Schnarchen. Der war bereits wieder auf seinem Stuhl eingeschlafen und dabei so weit zur Seite gesackt, dass seine Nasenspitze die von Hajo Tewang jeden Moment zu berühren drohte. Yücel hob nachdenklich eine Augenbraue und ich wurde den Verdacht nicht los, dass er an meiner Theorie zweifelte. Ich hatte ihm allerdings in der Eile auch nur die groben Eckpunkte nennen können und er musste sich wie alle anderen gedulden, um die ganze Geschichte zu erfahren. Da niemand Anstalten machte, etwas zu sagen, fuhr ich fort: „Halten wir fest: Wir haben sieben Einladungen für insgesamt dreizehn Gäste für eine Kochveranstaltung im Möbelhaus vorliegen. Selbst wenn der Text – wie in meinem Fall – offenlässt, wer als Begleitung mitkommt, wusste der geheimnisvolle Schreiber anscheinend ganz genau, wen er zu erwarten hatte. Aus Kathrins Einladung geht eindeutig hervor, dass ich in Begleitung meines Kollegen und nicht meiner Frau erscheinen würde, die ja durchaus auch in Betracht gekommen wäre."

„Stimmt", sagte Yücel. „Zu dem Zeitpunkt wussten nicht einmal wir selbst, dass wir zusammen fahren. Wie konnte jemand sicher sein, dass ich da nicht gerade Fußball gucke?"

„Jemand musste also in unserem direkten Umfeld nicht nur Nachforschungen angestellt, sondern darauf hingewirkt haben, dass wir beide der Einladung nachkommen", fuhr ich fort. „Doch dazu später mehr."

Yücel, dem gerade ein Licht aufzugehen schien, wollte etwas sagen, doch ich brachte ihn mit einem Blick zum Schweigen.

„Machen wir also weiter", sagte ich. „Dreizehn Gäste, das ist einer zu viel. Wer könnte das sein? Oder umgekehrt: Was müssten alle, die in diesem Raum versammelt sind, gemeinsam haben?"

„*Alle* hier Versammelten oder nur die Gäste?", fragte Klaus.

„Alle", gab ich zurück und sah, dass die Tatsache, dass ich ihn einbezog, dem Sicherheitsmann überhaupt nicht gefiel. Seine Miene verfinsterte sich schlagartig. Ich konnte nur hoffen, dass er nicht bewaffnet war.

„Nun – fast alle hatten ein Hühnchen mit Hajo Tewang zu rupfen", sagte Luise.

„Richtig. Verschmähte Liebe, Starallüren, Betrug, Diebstahl geistigen Eigentums, Rufmord – es gibt kaum etwas, das der Grundgute ausgelassen hätte. Und jeder hier hatte eine Verbindung zu ihm. Mit einer Ausnahme."

„Also, ich hatte nie etwas mit ihm zu tun", sagte Yücel. „Jedenfalls nicht, dass ich wüsste."

„Du bist nur als Anhängsel dabei", erklärte ich. „Genau wie Zoran und Mehmet bei Kai und Karl-Theodor bei Flora."

„Ah, na dann ist ja gut", gab mein Freund säuerlich zurück. Dann stutzte er. „Aber das würde ja bedeuten, dass es zu dir eine Verbindung gibt."

Meine Güte, musste Yücel wirklich immer sofort aussprechen, was ihm in den Sinn kam? Auch mir war erst seit einer knappen halben Stunde klar, unter welchen Umständen sich Hajo Tewangs und meine Wege bereits einmal gekreuzt hatten, aber posaunte ich das deshalb gleich heraus? Natürlich nicht. Timing ist alles in unserem Gewerbe. Mein Freund dachte, das musste ich traurig zur Kenntnis nehmen, mittlerweile bereits mehr wie ein Arzt und nicht wie ein Ermittler.

„Und was ist mit Karl-Theodors nachträglich eingefügtem Namen?", setzte Yücel noch einen obendrauf.

„Den hat er dazugeschrieben", sagte ich entnervt und zeigte auf Klaus.

Der wollte aufspringen, doch Luise hielt ihn zurück.

„Nur ruhig, junger Mann", sagte sie. „Das soll er Ihnen erst mal beweisen."

Sie legte Klaus eine Hand auf den Arm und blinzelte mir fast unmerklich zu.

„Nun, wenn Sie das hier mit dem Schriftzug auf der Karte vergleichen", sagte ich und schwenkte Klaus' Notizen, „werden Sie unschwer erkennen, dass beides im wahrsten Sinne des Wortes dieselbe Handschrift trägt."

„Also bin ich tatsächlich der einzige ungeladene Gast hier", stellte Karl-Theodor fest. Das klang fast schon traurig.

„Nein, sind Sie nicht", sagte ich, und zwar nicht nur, um ihn zu trösten. Diese Einladung war als einzige in Teamarbeit erstellt worden, aber ich war mir sicher, dass die Ergänzung mit Einverständnis des Urhebers vorgenommen worden war. Vermutlich war der Gedanke, dass Karl-Theodor Flora ohnehin auf Schritt und Tritt folgen würde und es daher besser wäre, ihn von Anfang an unter Kontrolle zu haben, erst nachträglich aufgetaucht.

„Nach dem Ausschlussverfahren bleiben jetzt nur noch zwei Personen übrig", stellte Yücel fest. „Zwei weibliche Personen, um genau zu sein.

Merkte mein Freund eigentlich überhaupt nicht mehr, wenn er mit seinem Leben spielte? Carlas und Kathrins Blicken nach zu urteilen war ich im Augenblick nicht der Einzige, der ihn am liebsten an die Wand geklatscht hätte.

„Tatsächlich hat nur eine von ihnen, soweit ich das beurteilen kann, überhaupt nichts mit Hajo Tewang zu tun", sagte ich schnell. „Warum sie hier ist, weiß ich nicht. Vielleicht war sie wirklich nur auf der Jagd nach einer guten Story. Vielleicht reizte es sie, herauszufinden, ob sie sich unbemerkt in eine geschlossene Gesellschaft einschmuggeln konnte. Vielleicht hatte sie aber auch nur Lust darauf, im tiefen Keller eines Möbelhauses Tapas zu schnabulieren. Ich weiß nicht, was genau ihr Beweggrund war, sich selbst eine Einladung per E-Mail zukommen zu lassen."

Und irgendwie musste sie von der ganzen Sache hier erfahren haben, dachte ich, behielt das aber für mich. Wie sie an die Information gelangt war, war im Augenblick nebensächlich. Keinen Ansatzpunkt zu haben, kratzte aber an meinem Stolz.

Alle Farbe war, das war selbst bei der schummerigen Beleuchtung zu erkennen, aus Carlas Gesicht gewichen. Sie zeigte keinerlei Regung und sah mir direkt in die Augen. Ich wusste nicht, wie lange ich ihrem Blick noch würde standhalten können, als Kathrins Räuspern mich erlöste.

„Dann bleibe ja wohl nur noch ich übrig, oder? Ich hoffe für dich, du hast gute Argumente für deine Anschuldigung", sagte sie.

„Nicht nur mir war aufgefallen, dass du dich erstaunlich gut hier unten auskennst; ich nehme an, dass du zu dem Trupp gehörst, der für Tewangs Sendungen vorgekocht hat", begann ich.

„Hat sie", sagte Flora. „Zumindest bis vor ein paar Wochen."

Kathrin warf ihr einen düsteren Blick zu, doch Flora dachte nicht daran, aufzuhören. „Jetzt fällt mir wieder ein, wo ich sie schon mal gesehen habe. Das war neulich vor

Hajos Showküchen-Aufzeichnung. Da hat sie sich allerdings Maja genannt ..."

„Dass du mit diesem Schuft überhaupt noch geredet hast", empörte sich Karl-Theodor. „Nach der Spur der Verwüstung, die er in unserem Leben hinterlassen hat."

„Ja, ja, ist gut", sagte Flora. „Ich war nur hier, um mit ihm ein Konzept für eine neue Kochsendung zu besprechen. *Das Model und der Meisterkoch.*"

„Wohl eher *Das Exmodel und der Frittenpanscher*", höhnte Karl-Theodor, doch seine Frau beachtete ihn gar nicht und fuhr ungerührt fort: „Sie da war beim Vorbereitungsteam mit dabei gewesen und hätte längst weg sein müssen, als Hajo kam. Es war eigentlich verrückt, denn er hatte schon länger vorgehabt, Maja kennenzulernen, weil ihre Art zu kochen ihn angeblich an jemanden erinnerte. Er war bekannt dafür, dass er höchstens fünf Minuten, bevor es losging, das Studio betrat und Maja – also Kathrin – war dann immer schon eine gute Viertelstunde weg."

„Aber einmal haben sich ihre Wege dann doch gekreuzt?", fragte ich.

Flora nickte. „Yossi kam früher, um sich mit mir zu treffen", sagte sie und überging Karl-Theodors verächtliches Schnauben. „Und da stand Ma ... Kathrin und blätterte in seinem Rezepteordner. Den ließ er nie offen herumliegen, sondern hatte ihn hier irgendwo in einem Versteck deponiert. Sie musste ihn gefunden haben."

„Wie hat er reagiert?", wollte ich wissen.

„Er wurde fuchsteufelswild, vor allem, als er sah, dass sie seine Notizen mit den Einträgen in einer anderen Kladde, die sie dabeihatte, verglich. Sie hat versucht abzuhauen, aber er ist ihr hinterhergerannt, hat sie bei den Schultern gepackt und umgedreht. ,Sieh an, sieh an, unsere kleine Lügnerin.

Der Apfel fällt nicht weit vom Stamm, hm? Ihr solltet im Zirkus auftreten als *Die drei Ks – Küche, Kneipe, Knast.*"

„Und wie hat Kathrin reagiert?", fragte ich, wohl wissend, dass es nicht besonders höflich war, über jemanden zu sprechen, der direkt neben einem saß. Ich konnte ihren bohrenden Blick förmlich spüren.

„Sie hat gebrüllt wie am Spieß und ihn angespuckt."

„Und dann?"

„Dann ist sie rausgestürmt und hat ihn stehen lassen. Es hat ganz schön gedauert, bis ich Yossi wieder beruhigt hatte."

„Kann ich mir gut vorstellen", sagte Karl-Theodor spitz.

„Was ist mit seinen Rezepten?", fragte ich.

„Wie – was soll damit sein?", gab Flora gereizt zurück.

„Na, wenn er Angst hatte, dass jemand in seinen Rezepten stöbert, dann müssen die doch hier irgendwo herumgelegen haben. Was ist dann damit passiert? Hat er die mitgenommen?"

„Ach so, ja. An dem Tag schon. Glaube ich. Vorher hatte er hier eine Mappe mit seiner kompletten Zettelsammlung deponiert, aber seitdem hat er immer nur die Rezepte für die jeweilige Veranstaltung in der Hosentasche stecken gehabt."

Wie aufs Stichwort stand Yücel auf, beugte sich über Hajo Tewang und untersuchte seine Hosentaschen. Er zog zwei Zettel aus der rechten Vordertasche, faltete sie auf und gab sie mir, nachdem er sie überflogen hatte. Einer davon war auf lindgrünes Papier gedruckt, trug den Absender des Fernsehsenders und der Text lautete:

„Salut für Hajo Tewang: Seine dankbaren Schüler bekochen den Star am Gourmet-Himmel und verwenden dabei – selbstverständlich – seine besten Rezepte.

Lieber Hajo,

wir planen ein kleines Herbst-Special unter dem Motto „Dem Ge-

schmack auf der Spur" und möchten dir zu Ehren einen Kochabend
der ganz besonderen Art veranstalten. Wir bitten dich, die Rezepte für
deine preisgekrönten Kreationen mitzubringen, damit ein paar deiner
besonderen Fans diese dann unter deiner Anleitung umsetzen können.
Herzliche Grüße
dein Redaktionsteam"
P.S.: Der Beitrag wird voraussichtlich direkt im Anschluss an den
Freitagskrimi ausgestrahlt. Um die Atmosphäre aufzugreifen, haben
wir als Moderator für „Dem Geschmack auf der Spur" einen wasch-
echten Detektiv gewinnen können.

Auf dem anderen Zettel, einem karierten Blatt, das aus einem Spiralblock herausgerissen war, stand eines von den Rezepten, nach denen ich vorhin mit Kathrin gekocht hatte, die Fleischbällchen in Tomatensauce. Das war allerdings durchgestrichen. Darunter waren mit dem Vermerk „Neu für Krimi-Freitag" Rezepte für Jakobsmuscheln an Hummerschaum, Lammkarre und Brombeer-Parfait ... Er war offensichtlich tatsächlich mit der Erwartung hierhergekommen, dass man ihn heute ausgiebig feiern wollte. Fast empfand ich ein klein wenig Mitleid. Dann brachten die erwartungsvollen Blicke der anderen Teilnehmer mich zum Thema zurück.

„Ich habe die ganze Zeit überlegt, ob es eine Verbindung zwischen mir und Tewang gegeben haben könnte – und wenn ja, welche", sagte ich. „Offensichtlich ist die Teilnehmerliste von irgendjemandem ja explizit unter diesem Gesichtspunkt zusammengestellt worden. Dann, plötzlich, bin ich auf des Rätsels Lösung gestoßen." Ich legte eine Kunstpause ein. „Galgant."

„Issnscheißgewürz. Chiliisvielbesser", kam prompt Olis Expertenkommentar aus dem Untergrund des Halbschlafs.

„Über die Qualitäten dieses Gewürzes kann man sicherlich unterschiedlicher Meinung sein", sagte ich.

„Ach, das ist ein Gewürz?", fragte Mehmet. „Klingt wie eine Krankheit."

„Für den großen Meister offensichtlich nicht. Sonst hätte er es garantiert aus seiner Küche verbannt", warf Kai finster ein.

„Kumpel, lass gut sein", sagte Zoran sanft, nahm Kais Hand und wandte sich dann mir zu: „Warum ist Galgant die Lösung?"

„Scheißgewürz, sagichdoch", kam es wieder von Oli, der sich nun mühsam aufrappelte. „He, Alter, sag doch auch mal was", forderte er und packte Hajo Tewang an der Schulter, dessen Reaktion aber erwartungsgemäß zurückhaltend ausfiel. Allmählich schien auch Oli die Situation wieder bewusst zu werden. Seine Augen wurden rund und glasig, doch bevor er zu sehr ins Grübeln geraten konnte, legte Yücel, der hinter ihm stand, ihm eine Hand auf die Schulter und sagte leise: „Nur ruhig Blut, alles in Ordnung."

Oli schien noch nicht so ganz überzeugt, vor allem, nachdem die Schweinehälften wieder in sein Blickfeld geraten waren, doch Yücel bedeutete mir mit einem kurzen Nicken, fortzufahren.

„Vor ein paar Jahren bekam ich einen Auftrag vom Inhaber eines Restaurants, der sich über besonders viel Schwund in seiner Vorratskammer wunderte", begann ich. „Sein Verdacht fiel auf eine alleinerziehende Küchenhilfe, die verwitwet war und zwei halbwüchsige Kinder ernähren musste. Karoline, so hieß sie, war bei allen außerordentlich beliebt und sprang sogar für den schnöseligen Koch ein, der sich häufiger mal krankmeldete, vermutlich, um nebenbei heimlich sein eigenes Restaurant aufzubauen. Der Besitzer ahnte davon nichts, denn Karoline war keine Verräterin. Dabei hatte sie nebenbei ein Rezept kreiert, das bei den Gästen besonders gut ankam. Es enthielt Galgant. Als der Koch Wind davon bekam, sanken die Vorräte dieses Gewürzes in der Speisekammer auf null. Ich war bis dahin als regelmäßiger Gast im Restaurant gewesen, doch nun wollte der Inhaber die Aufklärung beschleunigen und führte in meinem Beisein eine unangekündigte Taschenkontrolle bei seinen Angestellten durch. Wie der Zufall es wollte, wurden größere Mengen des gestohlenen Gewürzes in Karolines Tasche gefunden."

„Lass mich raten – der umtriebige Koch war an diesem Tag zufällig mal anwesend?", fragte Yücel.

„Genau. Ich habe ihn nur kurz gesehen und er war damals ein Niemand, aber im Nachhinein bin ich mir sicher, dass es Hajo Tewang war."

„Und die Kinder waren Kathrin und Klaus, richtig?", fragte Carla. „Die drei Ks – Karoline, Kathrin, Klaus … Außerdem ist die Ähnlichkeit zwischen den Geschwistern nicht zu übersehen", schob sie erklärend hinterher. „Jedenfalls nicht, wenn man einen Blick dafür hat."

Langsam wurde diese Frau mir ein bisschen unheimlich und es ärgerte mich, dass sie wieder Oberwasser gewann. Trotzdem würde ich nicht noch einmal den Fehler machen, ihr das Wort abzuschneiden, wenn sie dabei war, die fehlenden Puzzleteile zutage zu fördern.

„Was ist aus Ihrer Mutter geworden?", fragte Carla.

„Sie …", begann Klaus.

„Sie ist krank geworden", erklärte Kathrin energisch.

„Küche, Kneipe, Knast", wiederholte Carla nachdenklich. „Das waren Hajo Tewangs Worte, richtig? Küche – das sind Sie mit Ihren Kochkursen. Kneipe …"

„Unsere Mutter hat gesoffen", stieß Klaus hervor. „Und daran ist dieses Schwein schuld."

„Und wer war im Knast?", fragte Nancy dümmlich.

„Na, wer wohl?", knurrte Klaus.

„Und wo ist Ihre Mutter jetzt?", fasste Carla noch einmal nach.

„Sie ist tot", sagte ich. „Seit zwei Monaten, stimmts?"

Kathrin sagte nichts, aber Klaus nickte.

„Woher weißt du das?", fragte Yücel.

„Meine Jungs haben die Seite mit den Todesanzeigen abgeschrieben", erklärte ich.

„Sie haben was?", fragte Zoran ungläubig.

„Nur die mit den besonders schönen Schriftzügen", sagte ich, als würde das einem Außenstehenden irgendwas erklären. Nicht ohne eine gewisse Genugtuung bemerkte ich, dass nicht einmal Carla sich einen Reim darauf machen zu können schien.

„Ich habe nicht gleich geschaltet, als ich Karolines Namen las. Ich wusste nur, dass er mir bekannt vorkam."

„Aber was ist jetzt mit dem Galgant?", nahm Mehmet den Faden wieder auf.

„Das ist die geheime Zutat, die wir auch in unserer Tortilla haben", erklärte ich. „Familienrezept", hatte Kathrin gesagt, als ich sie danach gefragt hatte. Die Gewürzdose, die sie dabeihatte, war unangebrochen gewesen. Vermutlich hatte sie Klaus mit dem Einkauf beauftragt und ihm das Gewürz auf einen Zettel geschrieben, unter dem das Butterbrotpapier für ihre eigene Einladung und Floras Karte lagen, sodass Teile des Wortes durchgedrückt worden waren.

Ich fragte mich nur eines: Wenn Kathrin sich so viel Mühe mit der Inszenierung gegeben hatte, warum war Hajo Tewang dann so unbemerkt und nebenbei aus dem Leben geschieden und nicht im Kreise seiner Feinde geschlachtet worden?

„Hatten Sie vor, Tewang zu töten?", fragte Carla.

144

Dass sie ansatzlos wieder zum „Sie" übergegangen war, verlieh ihr eine gewisse Autorität, dachte ich.

„Nein", sagte Kathrin.

„Ja", rief Klaus.

„Was denn nun?", fragte Zoran.

„Mir war schon klar, dass es auf so was hinauslaufen könnte", präzisierte Klaus. In seiner Stimme klang die Autorität von mindestens fünf Jahren Knasterfahrung mit. „Aber wenn er im Kühlhaus nicht auf die Truhe gekraxelt wäre, um den Schinken in Augenschein zu nehmen und wenn er dabei nicht Kathrin entdeckt hätte … Ich hätte ihm vielleicht keins übergebraten."

Kathrin hatte sich offenbar dort vor ihm versteckt, überlegte ich. Höchstwahrscheinlich nur kurz, denn mit ihrem dünnen T-Shirt hätte sie es dort unmöglich allzu lange aushalten können.

„Womit haben Sie ihm eins übergebraten?", fragte Carla.

„Mit einem Nudelholz", antwortete Klaus prompt.

„Ah, das hat hier herumgelegen, oder?", fasste sie nach.

Im Gegensatz zu Klaus war mir sofort klar, dass sie versuchte, ihm eine goldene Brücke zu bauen – wenn er das Tatwerkzeug nicht extra selbst mitgebracht hatte, fiel der Vorsatz weg und er kam statt mit einer Anklage wegen Mordes mit Totschlag oder vielleicht sogar Körperverletzung mit Todesfolge davon.

„Nee, das hatten wir von zu Hause mitgebracht", bekannte Klaus freimütig. „Kathrin hatte das in der Hand. Sie wollte aber nicht Tewang, sondern irgendwen anders damit erledigen und in die Truhe da packen."

„Mach doch einfach mal den Kopp zu!", wies seine Schwester ihn zurecht und auch wenn sie sicherlich ein ganz persönliches Interesse daran hatte, dass ihr Bruder schwieg, war ich ihr zutiefst dankbar für diesen Einwurf. Die Selbstverständlichkeit, mit der Klaus davon sprach, wie hier ein Mensch zu Tode gebracht werden sollte und die Beiläufigkeit, mit der er von Tewangs Schicksal berichtete, jagten mir einen kalten Schauer über den Rücken.

„Und wie ist er dann an den Haken zwischen den Schinken und die Schweinehälften gekommen?", fragte Carla.

Klaus zuckte mit den Schultern.

„Hab ihn halt drangehängt", sagte er. „Der war sowieso hin. Jedenfalls so gut wie …"

Nancy schrie laut auf und auch Flora war erkennbar um Fassung bemüht.

„Okay, also eindeutig ein Unfall", bemerkte Yücel sarkastisch. „Dann können wir doch jetzt eigentlich alle gemeinsam diesen unwirtlichen Ort verlassen, oder? Klaus legt den Hebel um und der Fahrstuhl fährt wieder."

„Das geht leider nicht", erklärte Klaus und für mich klang es so, als wäre sein Bedauern echt. „Ich wollte vorhin wirklich gehen, aber das Ding steckt irgendwo fest. Sonst wäre ich schon längst nicht mehr hier."

Mein Blick wanderte erst zu Yücel, der jedoch mit den Schultern zuckte, dann zu Carla. Sie und ich begriffen im selben Moment. Kathrin hatte gesagt, es sei nicht geplant gewesen, Hajo Tewang zu töten. Als Mann der Tat hatte Klaus eine spontane Entscheidung getroffen und getan, was seiner Ansicht nach in dieser Situation erforderlich gewesen war. Alle, die Kathrin hierher eingeladen hatte, hätten Grund gehabt, wütend auf Tewang zu sein. Mit einer Ausnahme …

„Glaub mir, ich hätte deiner Mutter damals gerne geholfen", sagte ich zu Kathrin. „Aber ich wusste nicht, wie."

„Er hat das Zeug unter deinen Augen in ihre Tasche geschmuggelt, du nutzloser Vogel. Und du hast nichts gemerkt", fauchte sie. „Du hast ihr nicht einmal angeboten, für sie tätig zu werden. Wir hätten das Geld schon irgendwie zusammengekratzt. Nun ist sie tot und wird für immer als die Säuferin, die ihren Arbeitgeber bestohlen hat, gelten."

Auf *mich* hatte sie es eigentlich abgesehen, *ich* hätte sterben sollen, weil sie in mir einen Täter sah, der ihrer Mutter hätte helfen können!

Tatsächlich hatte Karoline den Aufhebungsvertrag an Ort und Stelle unterschrieben und dafür zugesichert bekommen, dass ihr Chef keine Strafanzeige erstatten würde. Als ich sie fragte, ob ich Nachforschungen anstellen sollte, wie das Zeug in ihre Tasche gekommen sein könnte, hatte sie kategorisch abgelehnt und gesagt, das würde bloß für unnötigen Wirbel sorgen und sie würde sicherlich ganz schnell eine neue Stelle finden. Offenbar hatten die Dinge sich anders entwickelt und mir war klar, dass Kathrin mir nicht glauben würde, egal, was ich erzählte.

Sie hatte alles ganz genau geplant, doch dann hatte Klaus Tewang getötet und schließlich war mit Carla ein unvorhergesehener Gast aufgetaucht. Die Sache drohte ihr aus der Hand zu gleiten und Kathrin hatte Klaus offenbar vorsichtshalber doch dort behalten, falls sie nicht alleine mit der Situation fertig würde. Falls sie nicht alleine mit *mir* fertig würde. Egal, was sie mit mir vorgehabt hatte - ich hoffte inständig, dass sie keine Möglichkeit mehr bekam, ihr Vorhaben doch noch in die Tat umzusetzen.

„Ich will hier nur noch raus", flüsterte Klaus.

In diesem Moment hörte ich von draußen ein Geräusch, das wie Musik in meinen Ohren klang: Die Fahrstuhltür öffnete sich.

18

Zaghaft klopfte sie an die Scheibe seines Büros. Er nahm den Blick vom Bildschirm und sah fragend zu ihr herüber. Keine Spur von Panik oder Misstrauen, nur freundliche Neugier. Gut. Ein Strahler des Erkennens huschte über sein Gesicht. Seine Lippen formten ein Lächeln, das bald auch seine Augen erfasste. Mit einer Geste bedeutete er ihr, die drei Stufen zur schmalen Seitentür hinunterzugehen, damit er sie dort hereinlassen konnte.

„Carla! Ich freue mich", rief Alex und es klang, als meinte er das auch genau so. Wie um seinen Worten Nachdruck zu verleihen, küsste er sie auf beide Wangen.

„Bitte, nimm Platz", sagte er und deutete auf das L-förmige Sofa, auf dem sie über Eck sitzen konnten, sodass nichts an eine Verhörsituation erinnerte.

„Kaffee?", fragte er.

Carla nickte und Alex verschwand hinter der Trennwand, hinter der sich vermutlich eine Kochnische befand. Jedenfalls hörte sie ihn dort mit Geschirr hantieren.

„Mit Milch und Zucker?", rief er, während er den Geräuschen nach zu urteilen Wasser in eine Kanne laufen ließ und in die Maschine füllte. Dann folgte leises Zählen – eins, zwei, drei, vier, fünf, sechs. Die Hufeisenprobe aus dem „Lucky Luke"-Comic „Stacheldraht auf der Prärie", die sie neulich für einen Artikel recherchiert hatte, kam ihr wieder in den Sinn: „Für einen guten Kaffee feuchtet man ein Pfund Kaffee mit Wasser an und lässt alles zusammen eine halbe Stunde köcheln. Dann macht man die Hufeisenprobe. Geht das Eisen unter, wars zu wenig Kaffee …"

„Kein Zucker, aber viel Milch", antwortete sie.

Es dauerte zwar keine halbe Stunde, aber doch gut zehn

Minuten, bis Alex mit einem Tablett voller Goldrandgeschirr zurückkam: zwei Tassen mitsamt den passenden Untertassen, eine Porzellankanne auf einem Stövchen, ein Milchkännchen und eine leere Zuckerdose, in der lediglich ein neongrünes Papierschild mit einem Foto des Schlagertrios prangte. Darauf stand: „Diese Kaffeepause wurde Ihnen präsentiert von ‚Kaffee, Milch und Zucker‘". Carla musste lachen, als sie es entdeckte.

„Bist du ihrem Fanklub beigetreten?"

„Das nun gerade nicht. Aber die Idee für ihren neuen Song stammt von mir und als sie neulich im Vorprogramm zu einem Konzert von Sandra und Mike aufgetreten sind, haben sie mir freundlicherweise eine Einladung geschickt."

„Wo fand das Konzert denn statt? Im ZDF-Fernsehgarten?", hakte Carla nach. Sie hatte in Erinnerung, dass Sandra, die sie bei einer Fortbildung als Lehrerkollegin kennengelernt hatte, dort schon vor ein paar Jahren vorgefühlt hatte. Sandra hatte bei der Vorstellungsrunde im Workshop „Kreatives Trommeln" davon erzählt.

„Nicht ganz", sagte Alex und grinste.

„Wo dann?"

„Bei *Küchen Kevin Rheinhessen*."

Carla verschlug es die Sprache.

„Die sind wieder in einem Möbelhaus aufgetreten?", fragte sie ungläubig.

„Sogar in einem Küchenstudio", erklärte Alex. „Aber diesmal oberirdisch. Und der Koch war schon da, als sie kamen. Und immer noch quicklebendig, als sie gingen. Ein bisschen enttäuscht waren sie trotzdem, denn es ging das Gerücht um, dass Graham Bonney auch kommen würde, aber der macht wahrscheinlich keine Möbelhäuser."

„Doch, sogar Zwiebelfeste und Pelzgeschäfte", sagte

Carla automatisch. Das wusste sie, weil sie dank „Word-Discounter" für die Homepage der Stadt Uetze einen entsprechenden Veranstaltungshinweis und für ein Bochumer Pelzhaus den Flyer-Text verfasst hatte. Sie widerstand der Versuchung, nachzufragen, woher jemand in Alex' Alter den britischen Sonnyboy der 60er-Jahre kannte, denn dann würden sie womöglich zu weit von dem Thema abschweifen, wegen dem sie eigentlich gekommen war. Aber eines interessierte sie dann doch noch brennend … „Du hast eben etwas von einem neuen Song von Kaffee, Milch und Zucker erwähnt, oder?"

„Ja, darin haben sie ihre Erlebnisse verarbeitet – dunkle Kapitel hinter sich gelassen, Einsamkeit, Verzweiflung und Finsternis überwunden, all so was, falls du weißt, was ich meine …"

„Ja, ich kann mir das so in etwa vorstellen", sagte Carla. „Und wie heißt das neueste Stück aus der Schlagerküche?"

Alex grinste.

„Würzen nach Gehör."

„Das ist nicht dein Ernst, oder?"

Alex zuckte mit den Schultern.

„Ich finde, das passt", sagte er und begann, zur Luftgitarre zu singen:

„Ist der Kühlschrank öd und leer,
Nimm das Ganze nicht zu schwer.
Pflück, was die Natur dir gibt,
Press mit Liebe es durchs Sieb,
Horche in dein Herz hinein,
Lass deinen Heartbeat Antrieb sein
Vom Lichtausfall sei ungestört,
Würze einfach nach Gehör – nach Gehöööööööööööööööö öööööööööööööööööööööööör …"

„Fantastisch", bemerkte Carla trocken. „Und wer hat das geschrieben? Du?"

Alex nickte.

„Ein bisschen Hilfe hatte ich allerdings", sagte er augenzwinkernd und sah dann versonnen nach draußen, wo zwei kleine Jungs – vermutlich seine Söhne – gerade auf einem Trampolin herumsprangen.

Carla stellte sich vor, wie er nach der Befreiung aus dem Möbelhaus am Bett seiner Kinder gesessen, ihnen eine Gutenachtgeschichte zu erzählen oder ein Schlaflied mit ihnen zu singen versucht hatte. Wie sie immer wieder dazwischengefragt, einzelne Satzfetzen aufgeschnappt und zu einer anderen Geschichte als der, die er hatte erzählen wollen, arrangiert hatten. Kinder waren die perfekten „cut up"-Künstler.

„Ihr solltet wirklich aufpassen, dass Sandra und Mike euer Meisterwerk nicht heimlich covern und den ganzen Erfolg für sich einheimsen", sagte Carla grinsend. „Oder Graham Bonney, wenn er denn mal kommt …"

„Ach, Ruhm bedeutet mir überhaupt nichts …", entgegnete Alex und hob theatralisch die Hände. „Ich bin eher der bescheidene Typ, aber du siehst ja – die Presse verfolgt mich, egal, wie weit ich mich zurücknehme. Erst Greta Hansen, jetzt du …"

Damit hatte er elegant das Gespräch endlich auf den Grund ihres Kommens gelenkt.

„Deine Mainzer Kollegin hat in den letzten zwei Monaten ja schon eine ganze Menge über das Küchenstudio des Grauens veröffentlicht", sagte Alex. „Wäre es nicht sinnvoller gewesen, du hättest die Artikelserie geschrieben? Ich meine, du warst doch schließlich die ganze Zeit mit dabei; Greta Hansen ist erst in allerletzter Minute aufgetaucht."

„Das ist genau das Problem", erklärte Carla. „Damit bin

ich Beteiligte, nicht Beobachterin. Ich könnte meinen Job nicht mehr unvoreingenommen machen."

Dass sie sich nicht sofort der Redaktionsleiterin gegenüber als freie Mitarbeiterin zu erkennen gegeben hatte, behielt sie für sich. Erst als die Redaktionssekretärin auch bei ihr angerufen hatte, um einen Interviewtermin mit ihr auszumachen, hatte sie sich zu Greta Hansen durchstellen lassen und ihr reinen Wein eingeschenkt. Es gab nichts Dämlicheres, da waren sich beide auf Anhieb einig gewesen, als Reporter, die sich gegenseitig interviewten, noch dazu, wenn sie für dasselbe Medium tätig waren. Einer plötzlichen Eingebung folgend hatte Carla vorgeschlagen, dass sie unabhängig von dem Fall, bei dem sich ihrer aller Wege gekreuzt hatten, mit einer ausführlichen Reportage über den Berufsalltag eines Detektivs nachlegte. Sie würde ihn hierfür bei einem seiner nächsten Fälle im Verbreitungsgebiet ihrer Zeitung begleiten. Greta Hansen hatte sofort zugestimmt und sich eine halbe Stunde später sogar mit einem weiteren Auftrag bei Carla gemeldet, weil sie herausgefunden hatte, dass Alex regelmäßig Detektivseminare für Kinder, darunter auch sogenannte „Selbstbehauptungskurse für Mädchen" gab.

„Sie sind doch Lehrerin, oder?", hatte die Hansen sie gefragt und Carla hatte keine Notwendigkeit gesehen, ihr zu erklären, dass diese Tätigkeit der Vergangenheit angehörte. „Gucken Sie sich das mal an und sagen mir dann, ob das was taugt."

Nun saß sie also hier, mitten in der satten zwanzig Quadratmeter großen Zentrale der Detektei Adler im alten Ortskern von Erbenheim und das nächste Etappenziel war zum Greifen nahe. Doch sie musste besonnen vorgehen, durfte nicht gleich mit der Tür ins Haus fallen.

„Hast du irgendetwas Neues gehört seit …?", begann sie. „Außer von der Schlagerfront, meine ich?"

„Nichts, das wesentlich über das, was in der Zeitung zu lesen war, hinausginge", sagte Alex. „Mein Freund Bernd Hellmann erzählt auch nicht allzu viel." Als Carla diesen Namen hörte, zuckte sie unwillkürlich zusammen. „Er ist mehr so ein Mann der Taten, nicht der Worte."

„Das kann ich mir vorstellen", entgegnete Carla, die wieder lebhaft vor sich sah, wie er damals in dem Hotel in Bingen die Ermittlungen hatte aufnehmen wollen. Vielleicht wäre alles anders gekommen, wenn Alex ihn damals gelassen hätte? Bei der Erinnerung an den Auftritt des wortkargen Polizeibeamten als Auftakt zum „finale furioso" im Möbelhaus musste sie unwillkürlich grinsen.

Es war schon ein merkwürdiger Anblick gewesen, als ein Mann im Trenchcoat ins Kühlhaus gestürmt kam, die Pistole im Anschlag und drei Frauen im Schlepptau. Zwei davon fielen den beiden Detektiven um den Hals, das mussten also ihre treu sorgenden Ehefrauen sein. Der Mann mit dem Colt stellte sich nach einer Schrecksekunde als Kriminaloberkommissar Bernd Hellmann vor und legte dann den Geschwistern Handschellen an, nachdem Alex mit dem Kopf auf sie gewiesen und die Ehefrauen bestätigt hatten, dass Kathrin die Frau war, bei der sie einen Kochkurs gemacht und der sie bereitwillig Auskunft über die Ess- und auch sonstigen Gewohnheiten ihrer Männer gegeben hatten. Bernd Hellmann und Alex waren anscheinend noch immer die besten Freunde und als Alex' Frau Susanne, die sich Sorgen um ihren Mann machte, den Kommissar anrief, war der gerade in Begleitung von Greta Hansen gewesen. Carla hielt sich zwar nicht häufig in der Redaktion auf und war der Lokalredakteurin auch noch nicht persönlich begegnet, hatte aber schon so einiges über die Hassliebe, die diese mit Bernd Hellmann verband, gehört. Die beiden verbrachten nur Zeit miteinander, hieß es, wenn es sich absolut nicht vermeiden ließ, was zum Zeitpunkt von Susannes Anruf wohl wieder einmal der Fall gewesen zu sein schien. Hansen hatte den Mann von der Kripo aufgesucht, um von ihm zu erfahren, ob an den Gerüchten, dass der Vorstandsvorsitzende einer Versicherung wegen Steuerhinterziehung verhaftet worden sei, etwas dran war.

Das Ganze stellte sich ziemlich schnell als haltlos heraus, doch die lästige Redakteurin hatte sich nicht abwimmeln lassen, vor allem dann nicht, als sie hörte, wohin der Kommissar wollte. Sie selbst war es gewesen, die den Möbelhaus-Termin am Nachmittag als Auftrag für freie Mitarbeiter ins Redaktionssystem gestellt hatte, nachdem der Hinweis auf diese Veranstaltung zufällig von Bernd Hellmann gekommen war. Er hatte sich per Skype darüber ausgelassen, dass Staatsdiener noch so viel für die Gesellschaft tun konnten, es wären doch immer andere, die man zu Premium-Events einlud.

Erst hatte Greta geglaubt, das sei wieder ein üblicher Seitenhieb auf die Presse und ihm an den Kopf geworfen, da könne er lange warten, wenn er erleben wolle, dass sie sich irgendwo kostenlos betrank. Doch dann hatte er ihr von seinem Freund Alex erzählt, dem Detektiv, dem er die Einladung zwar gönne, schließlich engagiere der sich sehr, sei schon x-mal mit der Goldenen Lilie der Stadt Wiesbaden ausgezeichnet worden dafür und überhaupt … Fast hatte der Kommissar ein bisschen pikiert geklungen, dass sein Freund ihn als möglichen Begleiter überhaupt nicht in Betracht gezogen, sondern ganz selbstverständlich Yücel mitgenommen hatte. „Möbelhaus, Kochen, Inhaber Detektei Adler, Text: max. fünfzig Zeilen (wenn Zutritt möglich und wenn jemand Zeit hat)" hatte Greta in das Feld „Auftragsbeschreibung" getippt. Das zu erwartende Honorar für einen – noch dazu wackeligen – Auftrag dieser Größenordnung reichte, wenn man noch einen weiteren Sponsor fand, sicherlich für eine Pizza Margherita, deshalb wäre es nicht verwunderlich gewesen, wenn der Termin unbesetzt geblieben wäre.

Für Carla war er allerdings so etwas wie ein Sechser im Lotto gewesen. Sie hatte sich mit ihrer Mitarbeiter-Nummer eingeloggt und den Auftrag für sich gesichert. Über die Hintergründe hatte sie da natürlich noch nichts gewusst und als die Polizei ihre Ermittlungen aufnahm, war Carla froh gewesen, dass die den Eintrag ins Redaktionssystem, dass nicht ganz klar wäre, ob die Presse überhaupt Zutritt hätte, als hinreichende Begründung für die gefälschte Einladung betrachtete.

„Und du planst jetzt einen Beitrag über meine Kinder-Detektivseminare?", holte Alex' Stimme sie in die Gegenwart zurück.

„Nein … Ich meine, doch … Aber erst später. Um Weihnachten herum. Hauptsächlich geht es darum, dich bei einem Fall zu begleiten."

„Hm … Im Moment habe ich eigentlich gar nichts, wo es sich für dich lohnen würde, mitzukommen." Alex zückte seinen Terminkalender und blätterte darin herum. „Nein, tatsächlich … Nichts als Kinderveranstaltungen in den nächsten drei Monaten. Und banale Fälle wie fremdgehende Ehemänner … Da kann man dann auch nicht wirklich so gut drüber schreiben."

„Das meine ich nicht", sagte Carla schnell. „Ich will nicht als Praktikantin bei dir mitlaufen."

„Sondern?"

„Als Auftraggeberin."

„Moment mal – willst du dir ansehen, wie ich arbeite oder mir einen Auftrag geben?"

„Beides."

Alex wirkte leicht verwirrt. Er warf einen Blick auf seine Uhr. „In zwei Stunden habe ich einen Termin", sagte er. „Einen Kindergeburtstag. Übrigens auf deiner Seite drüben – du wohnst doch in Rheinhessen, oder?"

Carla nickte.

„Bist du mit dem Auto da?"

„Nein, ich habe die S-Bahn genommen."

„Ah, gut, dann fahre ich dich später nach Hause und gehe dann allein zu Charlotte. Sie wird zwölf. Es wundert mich, dass sie den Termin nicht abgesagt haben."

„Wieso, was ist passiert?"

„Ach, ganz komische Sache. Das Mädel war mit ihrem älteren Bruder und ihrer Mutter im Urlaub und als sie zurückkamen, war der Vater tot. Ein unangenehmer Zeitgenosse, kann ich dir sagen. Vielleicht hast du schon von dem gehört …" Er nannte einen Namen, den sie nur allzu gut kannte. „Ein Rechtsanwalt, der sich insbesondere als Flüchtlingsheim-Gegner zu profilieren versucht hat. Ich habe ein paarmal mit dem zusammengearbeitet, übler Bursche …"

Carla merkte, wie ihr heiß wurde.

„Woran ist er gestorben?", fragte sie.

„Keine Ahnung, aber nach dem, was durchgesickert ist, scheint eines seiner Sexspielchen aus dem Ruder gelaufen zu sein. Ich hätte sonst gedacht, dass er sich bestimmt an seinem Geld verschluckt hatte oder so, weil er den Hals nicht vollkriegen konnte. Ist mir, ehrlich gesagt, auch egal."

„Das sollte es aber nicht", stieß Carla hervor, eine Spur heftiger als beabsichtigt.

Besorgt sah Alex sie an. „Alles in Ordnung mit dir?", fragte er. „Du siehst aus, als wäre dir ein Gespenst begegnet."

„Ja ja, alles klar", sagte sie und stand auf. „Pass auf, ich weiß, wo das ist. Wir treffen uns nachher dort, okay? Vorher muss ich noch schnell etwas erledigen."

„Willst du jetzt doch mitkommen?", fragte Alex.

Doch Carla war schon verschwunden.

Als sie die Haustür aufschloss, rief sie wie jedes Mal: „Hallo, Gottlieb, hier bin ich!" Sie wusste, dass ihr Mann ihr nicht antworten würde, aber es gab Dinge, die mussten einfach gesagt oder getan werden. Jedenfalls hatte sie das bisher so gesehen. In letzter Zeit hatte sich ihr allerdings immer wieder der Gedanke aufgedrängt, dass es an der Zeit sein könnte, sich ihrer Vergangenheit zu stellen. „Hör zu", sagte sie, nahm das Nadelspiel mit der angefangenen moosgrünen Socke zur Hand und setzte sich zu ihm ans Bett, „ich muss gleich mal für eine Weile zu den Nachbarn rüber... Ein Auftrag für die Zeitung, weißt du?"

Sie begann zu stricken. Links, rechts, links, rechts ... Carla war gespannt, wie Kunstmanns Familie auf sie reagieren würde – und umgekehrt. Links, rechts, links, rechts ... Und ob Alex diese Reaktionen in irgendeiner Weise stutzig machen würden. Auf die richtige Fährte bringen würde. Links, rechts, links, links ... Eine zurück, rechts, links, rechts ... Wäre sie bereit dafür? „Weißt du was? Ich glaube, ich nehme es sportlich", sagte Carla und erschrak. Warum hatte sie das laut ausgesprochen? Sie wollte keine von diesen wunderlichen Frauen werden, die ihre Gedanken nicht bei sich behalten konnten. Wenn sich abzeichnete, dass er ihr wohl auf die Schliche kommen würde, würde sie ihn auch auf den Fall des verblichenen Pflegers ansetzen. Links, rechts, links.

Und auf den des mit der Stricknadel erstochenen Briten.

Sollte er die Hinweise nicht verstehen, würde sie in keiner Weise nachhelfen. Solange er in ihrer Nähe war, war sie vor sich selbst einigermaßen sicher, das konnte sie spüren. Er war offenbar so etwas wie ihr Schutzengel, auch wenn er nichts davon wusste. Was immer jetzt dabei herauskam – sie würde es als Gottesurteil akzeptieren.

„Bin nicht allzu lange weg", rief sie Gottlieb zu. Mit Schwung öffnete sie die Tür – und wich einen Schritt zurück, als sie sah, wer davor stand.

„Kommst du mich abholen? Wie nett", sagte sie und hoffte, dass ihre Stimme nicht allzu sehr zitterte.

Traurig schüttelte Alex den Kopf und deutete dann stumm auf seinen Begleiter. Günter Öttingers „Everything hangs together" kam ihr plötzlich in den Sinn und dann Martin Zuhrs Mantra „Ein Teufelskreis!" aus der Talkshow-Satire „TV Kaiser". Waren die Fäden am Ende also doch zusammengelaufen. Sie hatte keine Ahnung, wie, merkte jedoch, dass es sie nicht interessierte. In Zeiten ultimativer Vernetzung war es nichts Ungewöhnliches mehr, dass Menschen ständig Informationen austauschten und abglichen und so allmählich kleinste Puzzleteile wenn auch nicht zu einem großen Ganzen, so doch zu etwas Zusammenhängendem zusammentrugen.

„Lady, ich glaube, es ist besser, wenn Sie meinen Freund seinen Termin heute alleine wahrnehmen lassen. Können wir uns währenddessen irgendwo in Ruhe unterhalten?", fragte Kriminaloberkommissar Bernd Hellmann. In der Hand hielt er ein abgegriffenes Blatt Papier, auf dem sie die Worte „Teilnehmerlisten" und „Bingen" erkannte.

Unter der Lupe.

Wissenswertes rund um den Detektivberuf
von Alexander Schrumpf

Was ist eigentlich ein Detektiv? Der Begriff kommt vom lateinischen *„detegere"*, was so viel wie aufdecken, aufklären heißt. Ein schönes Zitat beschreibt unsere Tätigkeit mit folgenden Worten: *Der Detektiv ist jemand mit der Fähigkeit, Leute zu beschatten, die im Dunkeln leben. Häufig sprechen wir von Privatdetektiven,* wobei deutlich gemacht werden soll, dass es sich um private, nicht um staatliche, Ermittler handelt.

Die Verwechslungsgefahr ist in Deutschland nicht ganz so groß, anders als in englischsprachigen Ländern, wo der „detective" häufig sogar ein Dienstgrad der Polizei ist. Dort laufen Detektive unter der schönen Bezeichnung *„Private Investigator"*, kurz „PI". Da das „I" genauso ausgesprochen wird wie das englische Wort für Auge, spricht man auch vom „Private Eye".

Derzeit gibt es in Deutschland etwa dreitausendfünfhundert als Detektive tätige Menschen, die in rund tausendfünfhundert Detekteien organisiert sind. Tätig sind diese für Privatpersonen, aber hauptsächlich für die Wirtschaft. Eine Kooperation mit staatlichen Stellen gibt es in der Regel nur in Fernsehfilmen. In der Realität ist es den Behörden rechtlich untersagt, mit Privatermittlern zusammenzuarbeiten. Auch klären die privaten Ermittler fast nie Kapitalverbrechen auf, wie es in Filmen und Romanen häufig der Fall ist. Vielmehr beschäftigen sie sich fast ausschließlich mit der Aufklärung von Vermögensdelikten.

Die wenigsten Bürger haben eine klare Vorstellung vom exakten Tätigkeitsfeld der Detekteien in Deutschland und fast niemand weiß, dass ein privater Ermittler nur mit „Je-

dermannsrechten" ausgestattet ist und keinerlei Sonderbe-
fugnisse hat.

Übrigens: Wie schon im Roman ausgeführt, zählen die fast
fünfzehntausend deutschen Kaufhausdetektive tatsächlich
nicht zur Riege der privaten Ermittler. Sie werden in Fach-
kreisen auch nicht mehr unter ihrem veralteten Namen geführt, sondern korrekterweise als „Bewacher im Einzelhan-
del" bezeichnet.

Eine der Hauptaufgaben eines Detektivs ist das Verfolgen
von Verdächtigen. Diese Tätigkeit nennen wir „*Observation*",
abgeleitet von dem lateinischen Wort „observare" (beobachten). Hierbei handelt es sich um eine der anspruchsvollsten
Fertigkeiten, die der Detektiv beherrschen muss. Er darf seine Zielperson nicht nur nicht verlieren, er darf dabei auch
nicht entdeckt werden. Natürlich muss er währenddessen
auch jederzeit sein gesamtes Umfeld im Blick haben und
darf nicht so sehr auf die Bewegung seiner Zielperson fixiert
sein, dass er zum Beispiel beim Überqueren der Straße das
plötzlich herannahende Auto übersieht.

Wenn Detektive nur ein Gebäude oder Gelände beobachten müssen, können sie das von einem Kleinbus oder einer angemieteten Wohnung (eine sogenannte „konspirative
Wohnung") aus tun. Das nennt sich dann „*Standobservation*".
Sind Detektive auf einen Menschen angesetzt, handelt es
sich um eine „*Bewegungsobservation*". Dies kann je nachdem zu
Fuß, mit dem Auto, dem Motorrad, dem Fahrrad oder sogar
mit einem Hubschrauber geschehen.

Die Observation fordert vom Detektiv jederzeit höchste
Aufmerksamkeit, eine gute Beobachtungsgabe und vor allem
unendliche Ausdauer und Geduld. Während im Polizeidienst
regelmäßig nach ein paar Stunden der Beobachter abgelöst

wird, liegen private Ermittler auch schon mal über längere Zeiträume vierzehn Stunden pro Tag auf der Lauer. Auch die Beschaffenheit des Orbservations-Standplatzes richtet sich häufig nicht nach den persönlichen Befindlichkeiten des eingesetzten Detektivs. Es kommt durchaus vor, dass man mehrere Stunden eines Tages mit dem Beobachtungsfahrzeug in der prallen Sonne steht; da ist eine Innentemperatur von fünfzig Grad Celsius schnell erreicht (was dann allerdings den Vorteil hat, dass man praktisch nicht mehr auf die Toilette muss). Natürlich kann es auch vorkommen, dass der ideale Beobachtungsposten im Gebüsch liegt und der Detektiv sich quasi als Eichhörnchen tarnen muss.

Bei der Beschattung vermeintlich untreuer Ehepartner liegt der Auftraggeber-Anteil von Frauen tatsächlich bei 90 Prozent. Seit durch eine Gesetzesänderung im Jahr 1976 jedoch nicht mehr nach dem Schuldrecht geschieden wird, sind Aufträge dieser Art nur noch eine Randerscheinung. Stark zugenommen hat hingegen die Anzahl der Wirtschaftsermittlungen, Tendenz weiter steigend. Natürlich stecken Detektive dann und wann ihre Nase weiterhin in fremde Beziehungen, doch im 21. Jahrhundert gilt es als Zeichen von Seriosität einer Detektei, wenn diese den Großteil ihrer Aufträge von Unternehmen bekommt.

Die Rezepte [5]

Ensalada de Cogollos („Salatherzen-Salat')

3 Salatherzen, möglichst nicht zu länglich
1 Päckchen Speckwürfel
2 EL geriebener Edamer
½ Dose Mais
Salz, Pfeffer
Olivenöl, Balsamessig

Den Fuß der Salatherzen abschneiden, äußere Blätter entfernen, danach restliche Blätter als Ganzes einzeln ablösen und waschen, einzeln auf eine tiefe Platte legen.
Mit einem Teelöffel Mais auf jedes Blatt geben.
Speck in einer Pfanne knusprig braten, ebenfalls in jedes Blatt einzeln verteilen.
Salat mit geriebenem Käse bestreuen, salzen, pfeffern.
Erst das Olivenöl, dann den Essig über den Salat verteilen.
Die Salatherzen werden aus der Hand gegessen.

Verduras fritas (Frittiertes Gemüse)

Gemüse nach Wahl:
1 Zucchini
1 Aubergine
1 Bund Frühlingszwiebeln
4 weiße Champignons

1 Ei
2 EL Mehl

[5] Die Mengen sind für vier Personen gedacht; wir danken Kerstin Dane (Casa del Vino, Mainz) für die Rezepte.

2 EL Wasser
Salz, Pfeffer, Paprika, Curry

Olivenöl zum Braten

Zucchini und Aubergine in ½ cm bis 1 cm dicke Scheiben schneiden und leicht salzen. Champignons in maximal ½ cm dicke Scheiben schneiden und leicht salzen. Von den Frühlingszwiebeln nur die unteren 10 cm verwenden, dicke Zwiebeln halbieren.

Das Ei mit der Gabel schaumig schlagen, Mehl und Wasser im Wechsel hinzufügen, bis eine sämige Masse entsteht. Nach Geschmack würzen, eher etwas zu salzig!

Reichlich Olivenöl in einer Pfanne erhitzen; das Gemüse soll leicht schwimmen. Gemüse von beiden Seiten goldbraun braten, herausnehmen und auf einen Teller mit Küchenkrepp (saugt überflüssiges Öl auf) legen. In einer vorgewärmter Keramikschale servieren.

Tortilla con cebollas tiernas (Tortilla mit Zwiebeln)

6 Eier
4-6 Frühlingszwiebeln
Salz
Olivenöl zum Braten

Frühlingszwiebeln putzen und in 2-3 cm lange Stücke schneiden. Olivenöl in einer Pfanne erhitzen.

Frühlingszwiebeln leicht andünsten (Achtung: Sie dürfen nicht braun werden!), wieder aus der Pfanne nehmen.

Eier salzen und schaumig schlagen. Eimasse in die Pfanne geben, Frühlingszwiebeln gleichmäßig darauf verteilen.

Bei geringer Hitze ca. 5 Minuten stocken lassen. Mit Hilfe eines Tellers wenden und erneut 5 Minuten stocken lassen.

Tortilla kann kalt oder warm serviert werden. Sie wird in Tortenstücke oder kleine Würfel geschnitten.

Tortilla española (Spanische Tortilla)

6 Eier
500 g Kartoffeln
Salz
Olivenöl zum Braten.

Kartoffeln in dünne Scheiben schneiden. Olivenöl in einer Pfanne erhitzen. Kartoffeln hineingeben und wenden, bis sie rundum von Öl bedeckt sind. Hitze reduzieren und ca. 20 Minuten braten, dabei regelmäßig wenden.

Eier salzen und schaumig schlagen. Die Kartoffeln aus der Pfanne nehmen und unter die Eimasse heben. Eimasse mit den Kartoffeln zurück in die Pfanne geben, bei geringer Hitze ca. 5 Minuten stocken lassen. Mit Hilfe eines Tellers wenden und erneut 5 Minuten stocken lassen.

Tortilla kann kalt oder warm serviert werden. Sie wird in Tortenstücke oder kleine Würfel geschnitten.

Albóndigas en salsa de tomate (Fleischklößchen mit Tomatensoße)

750 g Fleischtomaten (oder gehackte Tomaten aus der Dose)
1 große Zwiebel
2 Knoblauchzehen
2 EL trockener Sherry
2 Möhren
2 EL Tiefkühlerbsen

166

1 Lorbeerblatt
600 g Hackfleisch
½ Bund Petersilie
2 Eier
3 EL Paniermehl
Salz, Pfeffer, Paprika, Curry, Kreuzkümmel
Olivenöl zum Braten

Zwiebeln und Knoblauch schälen und fein hacken. Möhren schälen und in kleine Würfel schneiden.

Olivenöl in einem Topf erhitzen, Zwiebeln und Knoblauch darin dünsten, bis sie glasig sind; mit Sherry ablöschen.

Tomaten überbrühen, häuten, halbieren und entkernen, Fruchtfleisch klein hacken und ebenfalls in den Topf geben, mit etwas Wasser ca. 30 Minuten kochen.

Möhren und Erbsen hinzufügen, mit etwas Wasser auffüllen, eventuell mit Brühe würzen und noch einmal ca. 30 Minuten köcheln lassen.

Petersilie klein hacken.

Hackfleisch in eine Schüssel geben, die Hälfte der Petersilie, Eier und Paniermehl hinzufügen, mit Salz, Pfeffer, Paprika, Curry und Kreuzkümmel kräftig würzen. Aus der Fleischmasse mit angefeuchteten Händen walnussgroße Bällchen formen.

Reichlich Olivenöl in einer Pfanne erhitzen, die Bällchen darin bei mittlerer Hitze rundherum braun braten.

Die Tomatensauce noch einmal würzen mit Pfeffer, Paprika, Curry und Kreuzkümmel, die Bällchen hinzufügen und ca. 10 Minuten bei schwacher Hitze ziehen lassen.

Bällchen und Sauce in einer Keramikschüssel anrichten und mit der restlichen Petersilie bestreuen.

Die Autoren

Alexander Schrumpf

(* 1974) hat 1995 als Jahrgangsbester seinen Abschluss als „Geprüfter Detektiv" bei der Zentralstelle zur Ausbildung im Detektivgewerbe (ZAD) gemacht, ist dort Referent für Spurenkunde, Fangmittel und Berichterstattung und übernahm 2013 das Amt des Lehrinstitut-Leiters des Bundesverbandes Deutscher Detektive (BDD). – Als Inhaber der Detektei Adler in Wiesbaden ermittelt er für Rechtsanwälte, Privatpersonen sowie Wirtschaftsunternehmen und bildet Kinder im Rahmen von Seminaren zu „Junior-Detektiven" aus.

Marion Schadek

(*1968) war zunächst als Nachrichtenredakteurin tätig und schrieb nebenbei Kinderbücher. Bei Schreibwerkstätten für Nachwuchsautoren arbeitete die Wahl-Mainzerin wiederholt mit Alexander Schrumpf zusammen. Dann wurde sie Lehrerin und begann, Krimis für Erwachsene zu schreiben. Zuletzt hat sie mit Peter Metzdorf, Kriminalhauptkommissar und Pressesprecher der Mainzer Polizei, 2011 den Krimi *Weinkönigin und Rheinhessen-Cop* veröffentlicht.